權錢對決

之 10

決戰時刻

姜遠方 著

目錄 CONTENTS

第一章

贏家詛咒

胡瑜非對傅華說：

「你不覺得這兩個項目不是很吉利嗎，

前面幾任發展商都遭遇到了各樣的困難，

最後不得不將項目轉讓。

這在經濟學上有一個專門的理論，叫做贏家的詛咒，

所以你是不是再考慮考慮啊？」

馮葵趕忙拿紙筆把這串數字給記了下來，然後對傅華說：「接下來你打算怎麼辦？把這個訊息直接告訴楊志欣和胡瑜非？」

傅華沉吟了一下，說：「我們現在知道的只是一個在聯合銀行開戶的保險箱而已，至於保險箱裏究竟放了什麼，我們並不清楚，我們是不是先想辦法查一下保險箱裏究竟是什麼東西啊？」

馮葵質疑說：「怎麼查啊？要想看保險箱裏的東西，必須先經過銀行驗證同意可以開這個保險箱才行，要做到這一點，你必須要是身分證上的那個慶建國才行。」

傅華聽了說：「行啊，我就冒充一下那個慶建國好了，我留意過，身分證上的照片跟我有幾分相似，我就去聯合銀行試一下，不行的話再想別的辦法。」

照傅華的想法，他現在手中有鑰匙，有密碼，還有慶建國的身分證這三樣最關鍵的東西，銀行說不定就被他給糊弄過去了。退一步講，就算被認出來不是慶建國，頂多銀行會要求慶建國本人來，也不會難為他的。

馮葵想了一下，說：「試一下也行，如果行不通的話，我們再找人解決這個問題好了。」

第二天上午，傅華就拿著鑰匙和身分證直接去了聯合銀行朝陽區支行。

傅華心中有些發虛，擔心會被認出來不是慶建國，但是他的擔心是多餘了，銀行的工作人員只是瞟了傅華一眼，就算是審查通過了。然後就領著傅華去開了保險箱。

當傅華拿到保險箱裏那個長條的鐵盒時，他的心砰砰直跳，裏面究竟是什麼東西馬上就要揭曉了，他有點惶恐不安，擔心裏面的東西並不是他想的黎式申留下的罪證。

傅華忐忑不安地打開鐵盒，就看到最上面放著一封用白色信封裝著的信，信封上面寫著「傅華親啟」，確定這應該就是雎心雄和楊志欣都在找的東西了。

傅華打開信封，把裏面的信拿了出來。只見上面寫著：

「傅華，你好，當你見到這封信的時候，估計你已經被雎心雄找過幾次麻煩了。怎麼樣，嘗到他手段的毒辣了吧？我相信雎心雄一定不會輕易放過你的。我跟了雎心雄這麼多年，深知雎心雄對付對手絕對是毫不容情的，所以我知道他一定會想盡辦法的折騰你，甚至會用一些極端卑劣的手段來整你，直到他確信我留下的這份東西不在你手裏為止。

「這也是我為什麼交代我的朋友，要在我死後一段時間才把線索通知你的主要原因，我知道我死後，睢心雄最懷疑的人一定是你，一定會千方百計來打探東西是否在你這裏，並想盡辦法從你這裏把東西拿回去。如果一開始我就把這份東西交給你的話，你恐怕很難保得住它，所以我要等睢心雄折騰你一番之後，再把東西交給你。這時候，大家都相信你手裏沒有這份東西時，你就可以利用它從容佈局對付睢心雄了。

「另一方面，我這麼做也算是對你的小小報復，我會有今天的下場，甚至賠上性命，可以說完全是拜你所賜，我讓你受點磨難，也算是為自己稍稍出一口氣。不過，也是因為除了你之外，沒有人能夠幫我報復睢心雄，所以經過一番思索後，我決定把這份東西留給你。

「我當然希望這份東西永遠不需要用到，但是我很清楚睢心雄的為人，不引起他的懷疑還好，一旦引起他的懷疑，他必然要把我滅了口才放心。因為我知道的事實在太多了，他很多違法的事都是由我經手，我活著對他來說是一個巨大的威脅，只有除掉我，他才能睡得著覺。所以我來北京跟你見面之後，就開了這個保險箱，把睢心雄的罪證放在保險箱裏。

「我不敢說這麼做一定能阻止睢心雄對我下手，但是我敢說，這個東西一定能將睢心雄送進大牢裏的，包括邵靜邦保留的那份收條，還有幾家在嘉江省投資的大型外企為了獲取投資的有利條件而對睢心雄行賄的錄音錄影。

「這是我在邵靜邦死後，為了自保，就對睢心雄用了一點監控手段，這些影音內容絕對是真實的。這些大型外企行賄的數額巨大，隨便拿出一家來就足以讓睢心雄把牢底坐穿了，用這些證據來對付睢心雄肯定是綽綽有餘。

「好了，傅華，這些證據就交給你了，你就拿著它盡情的去對付睢心雄吧，讓這個混蛋為了他的罪行付出應有的代價。黎式申留。」

傅華放下了信，暗自佩服黎式申心機的巧妙，可惜的是，即使他算計得這麼精明，還是沒能保住性命。

傅華去翻撿箱子裏的東西，除了那張邵靜邦留下來的收條之外，就是一張光碟，傅華猜測黎式申所說的錄音錄影就在這張光碟裏了。

傅華將信、收條和光碟收好，離開了聯合銀行，他不敢將這些東西放在自己手中，因為他不清楚睢心雄有沒有派人盯著他。如果睢心雄知道他找到了黎式申留下的東西，一定會派人來把東西給搶走的。

傅華就打給胡瑜非，說有事要過去見胡瑜非，他要把東西儘快交給胡瑜非才好。

胡瑜非家中。

傅華告訴他找到了黎式申留下來的東西了，胡瑜非興奮的說：「在哪裡，快拿給我看看。」

傅華將信、收條和光碟遞給胡瑜非，胡瑜非看了收條，並將光碟放進電腦裏檢視了裏面的內容，看完之後，驚嘆說：「雎心雄這傢伙，賺的錢一點也不比天策集團少啊。」

傅華說：「胡叔，他賺的這些錢跟您在天策集團賺的錢性質可是大大不同，你賺的錢光明正大，他賺的錢根本就是見不得人的。」

胡瑜非說：「這些外資公司可夠狡猾的，居然把賄款交給在國外的雎才燾，要不是黎式申用了手段監控雎心雄，把行賄過程給錄了下來，我們還真是無法找到他的罪證。」

傅華感慨說：「這大概就是所謂的天網恢恢，疏而不漏吧？」

胡瑜非欣慰地說：「對，這些東西足夠讓雎心雄身敗名裂了。傅華，你幹得好啊，我馬上打電話給志欣，把這個情況跟他說一下。」

胡瑜非就給楊志欣打了電話，楊志欣聽說找到了黎式申留下來的東西也很興奮，不過他正在參加一個會議，暫時無法脫身，就讓胡瑜非先把傅華留住，說等會議完了，他會趕來跟傅華見面，好瞭解一下詳細情況。

大約過了半個小時，楊志欣就趕了過來，臉上帶著掩飾不住的喜悅，進門就問道：「瑜非，東西在哪裡啊，快給我看看。」

胡瑜非就把信、收條、光碟拿給楊志欣，楊志欣看完，把信遞給傅華，說：「這封信對我們的用處不大，反而把你給牽連了進來，你最好是收起來，不要再公開了。」

傅華也不想讓這封信被公開，他想看睢心雄倒臺，卻不想讓社會上的人知道睢心雄倒臺是他造成的，這對他來說並不是一件好事，傅華就把信裝進了口袋。

看傅華將信收好了，楊志欣接著說道：「傅華，還有一件事我要交代你，關於這張收條和光碟裏的內容，你一定要保密，千萬不能隨便對外面說，知道嗎？」

傅華愣了一下，心說睢心雄的罪證既然拿到了，接下來該是將罪證舉報

到高層那裏，讓高層對睢心雄進行懲治。到那個時候，這些犯罪的事實就會被公諸於眾，也就沒什麼秘密可言了，楊志欣為什麼還要叮囑他要保密，不要對任何人講呢？

楊志欣看傅華發著愣，就解釋說：「我要你保密，是因為睢心雄的層級相當高，要怎麼處分他，需要高層研究後才能決定。高層一定會根據實際情況決定如何處理他的，在此之前，你最好不要對外傳播，以避免跟高層最後的定調有什麼不符的地方。」

胡瑜非看了看楊志欣，說：「志欣，你的意思是說，高層有可能不公佈光碟上的內容？」

楊志欣顧慮地說：「這很難說，瑜非啊，你應該也注意到向睢心雄行賄的那些外企，可都是很有國際影響力的公司，把他們給牽涉進來，會影響到國家的招商引資工作的。」

胡瑜非點點頭說：「這倒也是。」

傅華知道這些大型外企都是富可敵國，楊志欣對此有所顧慮也很正常。

楊志欣接著說：「行了，瑜非，我不跟你們多聊了，我要趕緊把這件事彙報上去，看看高層對此是個什麼態度。雖然這些證據很充分，但是要怎麼處理睢心雄，還是需要中央高層來做決定。」

胡瑜非諒解地說：「我明白，志欣，你去吧。」

楊志欣又轉頭看向傅華，嘉許說：「傅華，你這件事辦得很漂亮，我很高興。我現在趕時間，有些事以後再聊吧。」

楊志欣就拿著光碟和收條離開了。

傅華說：「胡叔，您說有了這麼多的罪證，睢心雄是不是很快就會倒臺啊？」

胡瑜非沉吟說：「很難說，睢家根基深厚，是國家元勳，想要睢心雄倒臺可不是件容易的事。我想高層就算是下決心要拿下睢心雄，也得事先做好運籌佈局才行，不可能志欣一把罪證遞上去，睢心雄馬上就會被拿下來的。」

也就是說，就算是要處分睢心雄，恐怕也不是一時半會的事。

傅華皺了一下眉頭，他手上擁有的時間不多，如果上訴再敗訴的話，他就完蛋了，便說：「可是胡叔，天豐源廣場和豐源中心那兩個項目眼看就要不保了，您能不能跟楊書記說一下，讓他關注一下熙海投資在法院的訴訟進展情況。」

胡瑜非笑說：「怎麼，這麼快就沉不住氣了？」

傅華點點頭說：「胡叔，熙海投資申請行政複議被駁回，到法院一審也輸了，如果二審再輸的話，恐怕我就只有將項目拱手讓出了。」

胡瑜非勸慰說：「就算是二審輸了又怎麼樣呢？有些東西該是你的就是你的，別人爭也爭不去的；反之，如果不該是你的，你就是現在爭過來，也不一定能保得住。傅華，你要知道志欣現在肯定是無法幫你出這個面的，所以你還是不要把主意打到他的身上去比較好。」

傅華有些無言，他沒想到費了半天勁卻是這樣一個結果，這似乎意味著就算睢心雄倒臺，但是他的項目依舊會保不住。

傅華看了一眼胡瑜非，這會兒胡瑜非的心思肯定也不在那兩個項目上，他一定是在想楊志欣要如何利用黎式申留下的東西儘快的扳倒睢心雄，這才是他們兩人的當務之急。

傅華心知再留在這裏也沒什麼意思，就站了起來，說：「胡叔，如果您沒什麼事的話，我就先回去了。」

胡瑜非打氣說：「傅華，你先回去也好，你也不要太為項目的事擔心了，這個世界從來都是勝利者說了算，只要志欣能夠穩住局面，就算這兩個項目被人給拿走了，他也能幫你給拿回來的。」

話雖這麼說，但是傅華心裏很清楚這兩個項目如果落到別人的手中，尤其是豪天集團手中，再想拿回來就不是件容易的事了，但他現在對此也束手無策，只好順從地說：「我知道的，胡叔。」

傅華回到駐京辦。在辦公室坐下來不一會兒，湯曼就找了過來，就熙海投資的幾項工作來請示他怎麼辦。

傅華看湯曼滿臉熱忱的樣子，心裏不免有些歉疚，感覺很對不住湯曼，湯曼本來興致勃勃想和他一起做點事業出來，但是新鮮勁還沒過去呢，轉眼就要解散了，傅華真不知道該怎麼跟湯曼解釋這件事。

傅華就說：「小曼，你不用這麼急，緩著點做吧，熙海投資現在能夠存在多久時間還很難說呢。」

湯曼愣了一下，說：「傅哥，怎麼了，又遇到什麼難題了嗎？」

傅華說：「不是又遇到什麼難題，而是難題一直沒得到解決。我為保住那兩個項目可謂是想盡了辦法，但是目前看來，還是很難改變土地要被收回的命運啊。」

湯曼說：「那你是不是就準備認輸了呢？」

傅華嘆了口氣說：「這次我就是不想認輸也不行啊。」

湯曼鼓勵說：「你這個樣子可不像我以前認識的傅哥啊，你千萬別氣餒，有句話不是說嘛，山窮水盡疑無路，柳暗花明又一村，我看得出來你現在的情緒不好，可能是最近事情太多，你有點累了，你還是別待在這兒了，回家休息一下，明天你就不會這麼想了。」

湯曼打氣的話讓傅華心裏感到了幾分溫暖，想想也許真是自己太悲觀了，楊志欣現在還形勢大好呢，就笑了一下說：

「謝謝你了，小曼，你這幾句話讓我心裏好受多了。行，就讓我們繼續為熙海投資的未來而努力吧。」

接下來的幾天，楊志欣雖然帶走了雎心雄的罪證，但是並沒有爆出雎心雄被雙規之類的驚人消息，反而風平浪靜，海面無波，似乎什麼事情都沒有過發生一樣。

拖延了幾天之後，在法定的上訴期間之內，熙海投資仍是提出了上訴，傅華雖然越來越沒有信心，但是只要還有一線生機，他還是捨不得放棄。

他等著雎心雄出事的那一天，看看雎心雄出事會給整件事帶來一個什麼樣的影響。但是就好像是故意要跟傅華叫板一樣，雎心雄的嘉江省省委書記依舊是做得好好的，還不時會在媒體上露露臉，說幾句睿智雋永的話。

雎心雄這種一點不像要出事的樣子，讓傅華甚至對楊志欣產生了懷疑，心想楊志欣是不是私底下跟雎心雄達成了某種協議：雎心雄會支持楊志欣，不再給他設置什麼障礙；而作為交換，楊志欣也不會依據罪證去追究雎心雄的責任。

傅華之所以會這麼猜測，是因為就在這時候，楊志欣正式被提名為國務院副總理，只要在即將召開的新一屆人大上通過，就將踏上他仕途新的高點了。

楊志欣春風得意的時候，傅華的人生卻是跌到了低谷，熙海投資上訴的案子很快就審理完畢，二審的判決書認為一審法院認定事實清楚，適用法律準確，因此判決駁回熙海投資的上訴請求，維持原判。

這也就是說，國土局收回天豐源廣場和豐源中心這兩個項目土地的決定已經生效了，熙海投資算是完全失去了對這兩個項目的所有權。

似乎是擔心夜長夢多，國土局在決定書生效後，馬上就發佈了土地拍賣出讓公告，要將收回的這兩塊地重新入市進行拍賣。

事情到了這一步，已經超出傅華可以控制的範圍了，他雖然還保留著熙海投資公司，沒有解散，並且要求律師江方幫熙海投資提起申訴，但是他知道大勢已去，他所謂的事業將會成為一場過眼雲煙。

不知不覺到了早春三月，一年一度的兩會即將召開。

在這次即將召開的人大會上，新一屆的中央高層將會全面掌控政壇，會出現在人大政協以及各個重要的崗位上，完成政權的新舊交替過程。

就在兩會召開的前夕，美國的一家媒體突然發出一篇驚人的報導，報導說，據可靠消息，新一屆的領導高層將會加大反貪腐的力度，打造一個清廉高效的政府出來。而反貪腐措施的第一步，就是嘉江省省委書記雎心雄將在人大閉幕時，被中紀委雙規。

雎心雄此時作為嘉江省代表團的團長，正帶著嘉江省的代表們來到了北京，他本來就是媒體的焦點人物，美國這家媒體的報導更讓他成了記者關注的重點人物，他在公開場合的一舉一動，都被記者們拍進了鏡頭，他說的話也被做出了相應的解讀。

這其中的主要關注焦點，就在於雎心雄會不會真的像那家美國媒體所報導的那樣被雙規。

對此，睢心雄表面上看安之若素，依舊是風度翩翩，在鏡頭前講著慷慨激昂、鼓舞人心的話，似乎那篇報導根本就是搞錯了一樣。但是傅華卻知道這條消息絕對不是空穴來風，如果楊志欣真的有將睢心雄涉嫌貪腐的資料交給中紀委，那麼睢心雄在大會閉幕後被雙規的機率是很高的。因此傅華特別留意睢心雄在鏡頭前的表情，他相信如果睢心雄出事，不會一點跡象都沒有，他的表情一定會洩露出來的。

仔細觀察之後，傅華終於發現一絲代表睢心雄內心慌亂的跡象，他注意到睢心雄在講話時，多了一個很不容易被人察覺的小動作，就是他講話時，眉毛會忍不住的輕微抽動。

這個小動作是傅華以前在睢心雄身上從沒看到過的，他認為這表示睢心雄外表的鎮定都是裝出來的，他的內心可能早就慌亂不已了。

兩會正式開始了，所有的議程都循序漸進的進行著，新一屆的領導班子順利產生，楊志欣經過總理的提名，人大任命，正式成為國務院副總理。

十天的人大會期很快就到了結束的時候，就在人大會期的最後一天，爆炸性的消息終於出來了，中紀委宣布對睢心雄採取雙規措施。官方的說法是雎心雄涉嫌收受賄賂，侵佔公款，生活腐化墮落，跟多名女性保持不正當的關係。

其實仔細分析一下就不難發現，在人大開會期間對雎心雄採取雙規措施，時機其實是最恰當的。這時候雎心雄人在北京，離開了他的勢力範圍，是他勢力影響最弱的時候，此時對雎心雄採取雙規措施，雎心雄無法採取什麼反抗措施，對嘉江省政局的影響也會最小。

傅華聽到這個消息，當下第一個反應就是他一直苦苦等待的轉機終於來了。

他心中十分欣喜，雎心雄被雙規，緊接著，高層就應該對雎心雄一系的人馬進行清算，不論是李廣武也好，雎才燾也好，豪天集團也好，必然都會受到雎心雄倒臺的影響。趁此時機，他就可以利用楊志欣的力量，順利收回天豐源廣場和豐源中心這兩個項目了。

傅華於是就去找胡瑜非，想讓胡瑜非幫他聯絡楊志欣，看看能夠以什麼樣的方式將那兩個項目拿回來。

胡瑜非看到傅華，笑說：「我就猜到你會來找我。來，先陪我喝一杯普洱，這可是茶馬古道時候的普洱，據說藏了有一百多年。」

普洱茶號稱是可入口的古董，時間越久越是珍貴，胡瑜非泡出來的茶湯紅亮，喝起來有一種乾爽滑順的感覺，細品有一種糯米的甜香，確實是上等普洱。

傅華讚了一聲好茶，說道：「胡叔啊，現在雎心雄終於被雙規了，楊書記，不是，現在應該叫楊副總理了，他是不是可以跟北京市方面打打招呼，看看能不能將那兩個項目還給熙海投資啊？」

胡瑜非看了傅華一眼，安撫說：「別急嘛，先把這杯茶喝完，這個普洱茶涼了就不好喝了。」

傅華看胡瑜非的樣子，心裏有一絲不妙的感覺，他說：「胡叔，不會這裏面還有什麼阻礙我將項目拿回來的因素吧？」

胡瑜非勸說：「傅華，你不覺得這兩個項目並不是很吉利嗎，前面幾任發展商開發這個項目，都遭遇到了各樣的困難，最後不得不將項目轉讓。這在經濟學上有一個專門的理論，叫做贏家的詛咒，所以你是不是再考慮考慮，不要堅持一定要發展這兩個項目啊？」

所謂的「贏家的詛咒」理論，是由卡彭、克拉普和坎貝爾提出來的，用於解釋為了獲得石油、天然氣項目而捲入投標公司的投資低回報的情況。

他們注意到，在拍賣會上，因為拍賣物的價值不確定，贏得項目的，常常總是高估項目價值的那一類人。那些不能清楚認識項目價值的得標者，很可能會由於超額支付競標項目的實際價值而遭受懲罰，除非在競標過程中充分考慮這些不利因素，否則將導致奪標者獲得低於平均水準的收益，甚至是負收益。也就是說，贏得項目的人不一定是賺錢的，很有可能還會虧本。推而廣之，一些在商業活動中贏得項目卻最後虧本的，就被稱作是遭到了贏家的詛咒。

傅華說：「胡叔，您這麼說是什麼意思啊？如果您單純是從效益上考量的話，那您就不要擔心了，我對這兩個項目可是經過認真詳盡的分析，認為盈利空間很大。但如果您是從別的方面考量的話，那您還是有話直說吧。」

胡瑜非面色凝重地說：「傅華，既然這樣，我就直說了。這兩個項目志欣是不方便干預的，所以你還是放棄吧。」

「為什麼啊？」傅華詫異地說：「我覺得現在這時候拿回這兩個項目的時機正合適，既然睢心雄倒臺了，楊副總理可以順勢將睢心雄一系的人馬連根拔起，把李廣武這樣的傢伙清理清理，拿回這兩個項目不就是很輕而易舉的了嗎？一舉兩得，多好啊！」

胡瑜非搖搖頭說：「事情哪有那麼簡單啊，還連根拔起呢，你以為睢家那麼好對付？睢心雄雖然出事了，但是九足之蟲死而不僵，對睢家和睢心雄，高層仍是不得不有所顧忌的。」

傅華不禁說道：「胡叔，您的意思是高層對睢家還是有所顧忌，所以跟睢家達成了某種妥協？」

胡瑜非點點頭說：「是的，高層拿到黎式申留下的那份證據後，全面考量了要如何處置睢心雄，結果發現要處置睢心雄是一件相當棘手的事。你要知道睢家在政壇根基深厚，再加上睢心雄這些年也在各省市結交了一批關鍵崗位上的官員，比方說，像李廣武這樣的北京副市長，高層就很擔心貿然動睢心雄的話，牽一髮而動全身，會造成某種程度的動盪。」

傅華大概明白高層操作這件事的思路了，現在是不動睢心雄不行，再不動他的話，睢心雄就會羽翼越來越豐滿，終有一天會成為高層的心腹大患；然而，要動睢心雄還要保持政局的穩定，這就十分考驗高層的政治智慧了。

估計高層在權衡利弊之後，只好選擇一種對時局造成動盪最少的辦法，那就是只動睢心雄一個人，而去容忍睢心雄派系的人馬在政壇上繼續存在。

胡瑜非繼續說道：「傅華，我這麼說吧，這次對睢心雄雙規，事先高層

是跟睢心雄達成了協議的，協議是只選擇一部分罪行向睢心雄追責，睢心雄也願意接受部分罪行的審判，以換取他的家人和睢家一系人馬的安全。」

「他的家人，」傅華問道：「這麼說，睢才燾也獲得保全了？」

胡瑜非點頭默認了。

不得不說睢心雄手腕很高超，他在罪行暴露的情況下，居然還能巧妙的利用手中掌控的資源，逼迫高層保障睢家的財產和旗下人馬的安全。

到此傅華就明白為什麼楊志欣無法干預國土局的決定，幫他將項目拿回來了。高層既然已經承諾不動李廣武和睢才燾，楊志欣也就沒有干預這件事的正當理由。如果強要干預的話，就等於破壞了高層對睢家的承諾，這個高層肯定是不會允許的。

傅華苦笑地嘆了口氣說：「我算是弄明白了，您和楊副總理從頭到尾根本就沒打算讓我發展那兩個項目就是了。」

胡瑜非勸說：「傅華啊，你也不要為此而感到惋惜，我和志欣都瞭解你想做自己事業的想法，你放心好了，今後這種機會有的是，所以熙海投資這家公司你也不要解散了，等回頭我和志欣會幫你留意適合這家公司發展的項目的。」

傅華卻很清楚，儘管胡瑜非做出了承諾，可是再想遇到像天豐源廣場和豐源中心這種發展空間巨大、效益可觀的項目，機率是很低的，傅華只能在心中暗嘆一聲：這是天不助我啊，我還能說什麼呢。

傅華心中正鬱悶著，手機響了起來，是高芸的號碼，就對胡瑜非說：「胡叔，是高芸的電話。」

胡瑜非說：「你接吧，我不介意的。」

傅華接通了電話，說：「你找我有什麼事啊？」

高芸問：「你在哪裡啊？」

「我在胡叔這裏，怎麼了？」傅華問。

高芸說：「有點事我想跟你說一下，你在胡叔那裏還要很長時間嗎？」

傅華說：「我要跟胡叔說的事已經說完了。」

高芸說：「那好，我們一會兒駐京辦見吧。」

第二章

趁火打劫

他在暗示什麼呢？
是不是睢心雄出事，給了李廣武重新議價的機會，
他希望從中攫取更多利益呢？
羅茜男覺得李廣武想趁火打劫的可能性很大，
相信只要開出足夠的價碼，豪天集團就能拿到地；
問題是足夠的價碼究竟是多少。

傅華回到駐京辦，沒多久，高芸就來了。

坐定後，傅華問道：「你要跟我說什麼事啊？」

高芸說：「我想問的是，你對天豐源廣場和豐源中心這兩個項目究竟是個什麼打算啊？」

傅華苦笑了一下，說：「你真是哪壺不開提哪壺啊，我剛才在胡叔那兒才為這件事心裏正不痛快呢，你倒好，一來就問我對這兩個項目有什麼打算。」

高芸詫異地說：「怎麼，胡叔說了你什麼嗎？」

傅華大吐苦水說：「倒不是說我什麼啦，是我想讓胡叔幫我把這兩個項目給拿回來，胡叔卻告訴我不可能。咦，你問這個幹什麼？」

高芸說：「這就是說，熙海投資幾乎是不可能再發展這兩個項目囉？」

傅華點點頭說：「是啊，現在土地被收回已經成定局了，我拿什麼來發展項目啊！」

高芸笑說：「那我們和穹集團如果想參與競標這兩個項目，你不會有意見吧？」

傅華愣了一下，說：「你們和穹集團要競標這兩個項目的土地？你這時候湊什麼熱鬧啊？」

高芸說：「當然是湊賺錢的熱鬧啦，這兩個項目的土地位於市區的黃金地段，可謂是寸土寸金，能夠拿下的話，效益一定相當可觀的。」

傅華駁斥說：「誰不知道這是個好地塊啊，不過這裏面牽涉到的相關利益方可不那麼簡單的。」

高芸一派輕鬆地說：「這有什麼不簡單的？我按照程序參與競標就是了。」

傅華駁斥說：「你以為按照程序參與競標就能拿到土地了？別開玩笑了，現在可是睢才燾和羅茜男的豪天集團在爭取這塊土地，你能爭得過他們嗎？」

高芸反駁說：「我為什麼爭不過他們啊？難道你以為睢心雄被雙規了，睢才燾還會那麼威風嗎？」

傅華意識到他忽略了這個顯而易見的問題，那就是睢心雄被宣布雙規了，對豪天集團和睢才燾來說，喪失了一個強有力的支持力量；也就是說，豪天集團在爭奪這塊土地的競標過程中已經不占絕對優勢了。

高芸不愧是經商的好手，她第一時間就注意到了這個變化，意識到這是一個絕佳的機會，因此才會表態說要參加土地的競拍。

只是，睢心雄雖然倒臺了，李廣武這個傢伙卻還沒倒臺，土地競拍這件事一定會受到李廣武高度的管控，李廣武是傾向於睢家的，恐怕就算是高芸，也不一定能夠勝出。

傅華忍不住提醒高芸：「你要參與競爭我並不反對，不過，你還是考慮清楚一點比較好，恐怕李廣武還是會傾向於睢才燾和豪天集團的。你可別費了半天勁，最後還是一場空。」

高芸輕鬆地說：「那可不一定。睢心雄現在可是倒臺了，李廣武會怎麼想很難說，也許他會因為這樣，選擇跟睢家保持一定的距離。」

官場上的人，大多數都是趨利避害的普通人，不是什麼仁義君子，睢心雄很明顯是完蛋了，李廣武是聰明人的話，應該會對睢家避之唯恐不及才對。不管怎麼說，和穹集團加入戰局，對睢才燾和豪天集團都是不利的因素。

傅華心想既然高芸已經想清楚了其中的利害關係，他也沒必要反對，就說：「你要堅持這麼做我也沒什麼意見，不過你要小心，睢才燾和那個羅茜男都不是什麼好對付的傢伙，你最好小心一點。」

高芸笑笑說：「我很清楚我面對的是什麼人。」接著氣憤地說：「這次我要給睢才燾一個教訓，讓他別以為我高芸是好欺負的。」

原來高芸還沒有忘記睢才燾對她的羞辱，想趁機報當時睢才燾被發現是利用她洗錢而惱羞成怒、瞬間翻臉的一箭之仇。

傅華由衷地說：「希望你能成功。」

豪天集團，羅茜男的總經理辦公室。

坐在羅茜男對面的睢才燾一副垂頭喪氣的樣子，嘴裏不停地嘟囔著：

「怎麼會這樣，怎麼會這樣啊？」

羅茜男有些不悅的白了睢才燾一眼，她覺得眼前的睢才燾越來越不像一個有擔當的男人，父親被雙規了，他不去想辦法打聽消息，看看究竟是出了什麼事，或者是否有挽救的辦法，只會坐在那裏不停地叨念，真是沒用！要不是因為睢才燾剛剛給豪天集團帶來一大筆資金，羅茜男早就一腳將他踹出門外去了。

羅茜男煩躁的說：「才燾，你夠了吧，從你知道伯父被雙規的消息之後，你就不停地碎念，都快兩個小時了，你不嫌累，我還覺得煩呢。」

睢才燾面容憂愁地說：「茜男，你要理解我這種心情啊，我父親是我的精神支柱，他出了事，對我來說就像天塌下來一樣。不對，我父親一向嚴於律己，他絕對不會是官方所說的那種人，他是冤枉的，這一定是那個混蛋楊志欣搞出來污蔑他的。」

羅茜男心裏暗自好笑，你父親豈止是你的精神支柱，恐怕是你的財政支柱才是真的吧？沒有你父親，你上哪兒弄那麼多錢啊？你這傢伙也是夠會裝的了，還什麼你父親是冤枉的，如果他真是冤枉的，一分一毫都沒受賄過，你又是從哪裡弄那麼多錢投資豪天集團啊？

羅茜男耐著性子說：「才燾，我當然知道你的心情，但是你老是這麼抱怨也解決不了問題。作為男人，越在這時候越是要堅強起來，代替你父親把睢家給撐起來。」

羅茜男這麼說，是在提醒睢才燾，讓他趕緊看看他的名下資產是不是有什麼問題，如果有什麼問題的話，儘早處理，千萬別等有關部門的人找上門來就晚了。

然而睢才燾心裏已經慌成一團，根本就沒體會到羅茜男真正想要表達的意思，他苦惱地說：「不行，茜男，我現在大腦一片空白，轉來轉去都是我父親是被人冤枉的，根本就集中不了精神。」

羅茜男看睢才燾到這時候還在說他父親是清白的，心中就有些惱火，也顧不得睢才燾的顏面，衝著他大聲嚷道：「睢才燾，都火燒眉毛了，你就別囉嗦什麼你父親是清白的了。現在急需解決的問題是你注入豪天集團的資金是不是安全的，如果不安全，要趕緊處理，別被有關部門給沒收了，到時候你連哭都沒地方哭的。」

睢才燾趕忙保證說：「茜男，這個你放心，我帶來的錢都是我父親找專業人士操作過的，沒問題的。」

羅茜男聽了說：「資金沒問題，那就要看李廣武這邊有沒有什麼問題了，現在國土局就要拍賣的這塊地對我們豪天集團可是很重要的，別因為你父親出事，李廣武就把這塊土地給了別人。」

睢才燾搖搖頭說：「不會的，我父親幫過李廣武大忙，他不會這麼不講情義的。」

羅茜男不禁心說：這個大少爺還真是天真，居然要跟李廣武那種老官僚講情義，情義能值得過那塊價值十幾億的土地嗎？李廣武之所以答應幫他們把土地給拿過來，完全是因為那時候睢心雄還是嘉江省省委書記，還能在政壇上呼風喚雨。現在睢心雄都要去吃牢飯了，李廣武還會對一個囚犯有情義嗎？

羅茜男嘆了口氣說：「才熹，現在形勢已經大大不同了，你是不是先跟李廣武通個電話確認一下啊？可別我們忙活了半天，卻是在為別人做嫁衣。」

羅茜男之所以這麼緊張，就是因為她看到了這兩個項目的土地能夠帶來的豐厚收益。如果豪天集團能夠順利拿下的話，資產就可以從幾億輕鬆地躍升到幾十億甚至上百億的規模。對野心勃勃的羅茜男來說，它的誘惑實在是太大了。

「應該沒問題的。」睢才熹很自信的說。

羅茜男卻不像睢才熹那麼樂觀，催促說：「別應該啊，你打個電話給李廣武確認一下怕什麼啊？」

見羅茜男堅持要他打電話，睢心雄就拿出電話撥給李廣武。

電話馬上就通了，但是對方並沒有馬上接聽，而是讓電話一直響著。睢才熹臉上的神色就有些不好看了，他感覺受到了怠慢，平常他打過去，李廣武就算不是第一時間接通，也會很快就接的，哪像今天拖這麼久還不肯接。

睢才熹不是傻瓜，馬上就明白李廣武態度的改變是因為什麼了。

睢才熹沒有耐心再等下去，一下子將電話給掛了，然後生氣地罵了句：

「李廣武這個小人，居然敢不接我的電話。」

羅茜男有點可憐的看著睢才熹，暗自搖頭說：睢大少爺，歡迎你來到真實的社會，恐怕你很快會見到更多的世態炎涼！

羅茜男忍不住想，這時候就看得出睢才熹不如傅華的一面了，如果是傅華遇到這個情況，一定不會像睢才熹這麼舉止失措的，他一定會儘快的穩定心神，找出應對局勢變化的良策。

想到這裏，羅茜男大感訝異自己居然拿傅華和睢才熹的表現相比較，而且對傅華還大有讚賞之意，這簡直莫名其妙，難道她喜歡上那個混蛋了嗎？不！絕對不會的，自己恨他恨得要死，恨不得將他扒皮抽筋，又怎麼可能喜歡上他呢。

羅茜男用力甩了甩頭，想把傅華的影子拋到腦後，她看了睢才熹一眼，說：「才熹，接下來你準備怎麼辦？」

睢才熹愣了一下，束手無策地說：「茜男，你還要我怎麼辦啊？現在李廣武根本就不接我的電話，除了放棄，我還能怎麼辦啊？」

聽到睢才燾說放棄，羅茜男心裏的氣真是不打一處來。豪天集團為了這塊土地前後折騰了這麼久，總算讓國土局將土地從熙海投資手裏收回來重新入市拍賣。眼見一切準備工作就緒，就等著競拍將土地收入囊中了，這個睢大少爺僅僅因為李廣武不接他的電話就要放棄，羅茜男自然不能接受。

「怎麼能放棄呢？」羅茜男耐著性子說：「才燾，你忘了你當初可是說要拿這件事狠狠地教訓一下傅華的，難道就因為李廣武不接你的電話就要放棄嗎？你也太沒志氣了。」

一想到傅華，睢才燾的火氣又上來了，他好幾次栽在傅華的手裏，對傅華恨之入骨，羅茜男的話成功的喚起了睢才燾心中對傅華的仇恨。

「傅華對我們睢家所做的事，我一刻也沒忘記，」睢才燾惡狠狠地說：「茜男，你說吧，我要怎麼辦？」

羅茜男說：「不管怎麼說，我們要先見到李廣武才行。這次競拍，沒有李廣武的支持，我們是一點勝算都沒有的。」

睢才燾說：「這我也知道，只是李廣武連電話都不肯接，我又怎麼能夠跟他見面呢？」

羅茜男面授機宜說：「李廣武想要躲開我們可沒那麼容易，不說他跟你父親的關係，就說他從我們手中拿去的好處吧，他也該出來給我們個交代，所以你一次電話打不通，那就打第二次，直到打通為止。」

「我從來沒幹過這樣的事情。」睢才燾攤了攤手，苦著臉說。

羅茜男說：「才燾，你該認清形勢了，你再也不是那個天之驕子，以往別人哄著你、寵著你的情形將會不復存在，你要面對的難堪，將會比打幾個電話還要難上不知道多少倍呢。」

睢才燾可憐兮兮地看著羅茜男，說：「茜男，我在你心目中是不是也變得沒那麼重要了？」

羅茜男心裏十分鄙視睢才燾這副懦弱無能的樣子，卻又不能不哄著他說：「我怎麼會是那種人呢，才燾，你放心好了，我絕不會因為你父親的事就對你改變態度的。」

睢才燾懷疑地看著羅茜男，問道：「你說的是真心話嗎？」

羅茜男強笑了笑，說：「當然是真的，你對我那麼好，我怎麼會因為你父親的事就認為你對我不再重要了呢？」

睢才燾鬆了口氣，感動地說：「謝謝你，茜男，幸好有你在，不然的話，我真是不知道該怎麼辦了。」

羅茜男說：「才燾，我是你的女朋友，當然會挺你；不過你也要趕緊振作起來，要讓別人真正的看得起你，首先就是要做出一番事業來給他們看。如果你能夠把這次拍賣的土地收入囊中，不僅傅華那混蛋會受到重挫，別人也會因為你手中握著這麼大的項目對你不敢小覷的。」

雎才燾被羅茜男鼓舞起了士氣，點點頭說：「茜男，你說得對，我馬上就打電話給李廣武。」

雎才燾就重新撥了李廣武的手機，李廣武似乎是想讓雎才燾知難而退，依舊沒有接電話。

雎才燾氣得臉都紅了，真想把手機給扔了，但是在看到羅茜男看他的殷切眼神後，就發作不出來了，只好苦笑說：「行行，我繼續打就是了。」

雎才燾再次撥了李廣武的手機，依舊不接，他就再打……如此這般折騰了幾次之後，大概是李廣武看到雎才燾這麼鍥而不捨的打電話，終於接通了。

李廣武在電話那頭說：「才燾，找我有什麼急事嗎？就這會功夫打了這麼多電話來啊？」

雎才燾暗罵李廣武裝蒜，根本是明知故問，嘴上卻笑笑說：「也沒什麼，就是有點事想跟李叔叔確認一下，沒想到李叔叔卻沒接電話，所以就多打了幾通。」

李廣武解釋說：「原來是這樣啊，你別介意，我剛才沒接電話，是因為不小心把電話給落車上了，並不是故意不接你電話的。誒，你說要跟我確認事情，想要確認什麼啊？」

雎才燾說：「我想跟李叔叔確認一下我們原來商定的事情是不是還有效啊？」

「原來商定的事情？」李廣武故作不知情的說道：「我們原來商定的什麼事啊？」

雎才燾沒想到李廣武會直接來個全盤否認，這傢伙還是個副市長呢，怎麼可以這麼無賴啊？他壓下心中的火氣說：「李叔叔，您還真是貴人多忘事啊，您當初可是答應我，幫我拿到天豐源廣場和豐源中心那兩塊地的。」

李廣武裝糊塗地說：「才燾，我有答應過你嗎？」

雎才燾現在是落毛的鳳凰，不得不忍著火氣說：「有啊，當時茜男也在場，你確實是跟我打了包票的。」

李廣武詫異地說：「真的嗎，你看我這記性，說過的話都記不住了，真是上了年紀啊。誒，說起羅小姐，我可是有段時間沒看到她了，她最近還好嗎？」

哼，這個老不休！睢才燾譏諷地說：「想不到李叔叔對茜男還這麼關心啊，正好她就在我身邊，我讓她跟你講話。」

睢才燾把手機交給羅茜男，讓羅茜男來應付這個老色鬼。

羅茜男接過手機，甜聲說：「你好啊，李叔叔。」

聽到羅茜男聲音的李廣武頓時有一種渾身舒爽的感覺，親切地說：「你好啊，羅小姐。」

羅茜男投其所好地撒嬌說：「李叔叔，您可不許耍賴啊！」

李廣武很享受羅茜男這種甜膩的口吻，回說：「沒有啊，我耍什麼賴了啊？」

羅茜男說：「您別不承認啊，剛才才燾跟我說您不記得答應要幫我們拿下豐源中心和天豐源廣場那兩塊地的事了，您說這話的時候，我就坐在才燾旁邊，所以我可以作證，您確實是說過這話的。」

羅茜男果然厲害，三兩句話就把談話的重點拉回到拿地的核心問題上，一旁的睢才燾衝著羅茜男挑了一下大拇指。

李廣武無法回避問題，沉吟了一下，說：「羅小姐，說起這件事，我真是有些不好意思，不錯，當初我確實在你和才燾面前打過包票，那時候我也確實是想幫你們把地給拿下來的；但是你知道現在形勢發生了很大的變化，我想幫你們拿地有些力不從心啊。」

羅茜男不放棄地說服說：「李叔叔，雖然才燾的父親出了事，但是您的身分地位都沒受什麼影響，您跟才燾的父親也是相當好的朋友，您就看在過去的情分上，再幫才燾和我最後一次吧。」

李廣武乾笑了一下，說：「羅小姐，我不是不想幫你們，而是現在形勢確實不同了，才燾的父親如果沒出事的話，他能幫才燾擋掉很多事，現在出事後，原本他能擋掉的事，我可擋不住，羅小姐應該明白我的意思吧？」

李廣武的意思是，以前有睢心雄在，一些勢力便不敢染指這兩塊土地，現在這些勢力沒有了顧忌，就對李廣武施壓要求拿地了。

羅茜男並不相信李廣武說的，這些因素誠然會影響到拿地的順利與否，卻不是決定性的因素。李廣武真的想要幫他們的話，還是可以幫他們把地拿到手的。現在的關鍵是，李廣武根本拒絕幫他們拿地，羅茜男很想知道是什麼原因讓李廣武的態度有了巨大的變化。

羅茜男就說：「李叔叔，我還是不太明白您的意思是什麼，您能說得更清楚一些嗎？」

李廣武說：「這兩塊地可是兩塊大肥肉，感興趣的人很多，出手的都是大公司。不說別的，就說剛才，我已經接了兩波電話，都是在為人爭取拿下這兩塊地的。其中就有一家是和穹集團。和穹集團的實力可是比豪天集團強大很多，羅小姐你說，我有什麼理由不把地給和穹集團，非要給你的豪天集團呢？」

羅茜男聽了，反問道：「李叔叔，你是說想把土地給和穹集團？」

李廣武滑頭地說：「羅小姐，我可沒這麼說，我只是拿和穹集團跟你打個比方，可沒說一定會把這兩塊地給和穹集團。就我的本意而言，我還是傾向把這兩塊地交給豪天集團來開發的，但是能不能做到這一點，我現在沒有什麼把握。」

羅茜男怔了一下，李廣武這麼說似乎是有什麼潛臺詞在裏面，意思似乎是說豪天集團也未必就有機會拿到這兩塊地。他在暗示什麼呢？是不是睢心雄出事，給了李廣武重新議價的機會，他不滿足於豪天集團之前答應他的那些好處，希望從中攫取更多利益呢？

羅茜男覺得李廣武想趁火打劫的可能性很大，她相信只要開出足夠的價碼，豪天集團就能拿到地；問題是，足夠的價碼究竟是多少。

羅茜男繼續採取溫情攻勢，說：「我就知道李叔叔是個重情重義的人，看在才熹父親的面子上，您不會對我和才熹坐視不理的。我和才熹現在也沒有別的什麼人可以依靠，只能靠您幫我們盡力爭取。李叔叔您放心，我和才熹不是不懂事的人，該報答您的，我們一定會報答的。」

李廣武笑了笑說：「羅小姐，我聽說豪天集團是靠你才有今天的規模，現在看來果然名不虛傳啊。豪天集團如果真的想拿這兩塊地的話，很多方面需要做一些安排，這樣吧，回頭找個時間，我們再一起好好聊聊，看看能不能取得共識。」

羅茜男雖然年輕，卻在生意場上打滾多年，自然明白李廣武所謂的聊聊，是想跟她談他能從中得到多少好處。羅茜男雖然反感李廣武坐地起價，卻不得不接受，就說：「那就一切聽從李叔叔的安排了。」

羅茜男掛斷了電話，瞧才熹氣得臉色鐵青，脫口罵道：「李廣武這個混蛋，我父親那麼幫他，這傢伙卻趁我們有難的時候大敲我們的竹槓，真不是個東西。」

現在事情算是有了一個解決的方向，羅茜男心中就輕鬆了很多，對睢才燾這種幼稚的說法也就不再介意了，她笑笑說：「好了才燾，你應該慶幸我們還有這個被敲竹槓的資格，不然的話，這兩塊地就沒我們什麼事了。」

睢才燾卻仍有些忿忿不平，氣憤地說：「可是這口氣我咽不下去，我父親沒出事的時候，他在我爸面前搖尾乞憐，像條狗一樣，現在倒好，狗倒咬起主人來了。不行，我不能就這麼便宜他，我一定要想辦法整一下這個傢伙才行。」

羅茜男心說：你當自己是誰啊，你如果真有整李廣武的本事，就不會讓我們處境這麼被動，受人欺負了。

羅茜男只好安撫說：「才燾，你先別急，李廣武這麼混蛋，他一定會遭到報應的，但不是現在，我們需要先哄著他把地給我們。如果你現在去報復他，雖然出氣了，可是我們就沒有機會拿到這兩塊地了。」

睢才燾這才點點頭說：「對，你說得對，我們現在應該先把地拿到手再說。等把地拿到了手，我一定會要李廣武這個混蛋好看的。」

羅茜男冷眼旁觀，看著睢才燾一副自信滿滿的樣子，心裏卻生出一個念頭：是不是需要考慮一下他們的關係了？這傢伙除了有個好出身之外，簡直是一無是處，自己當時怎麼會看上這樣一個不自量力的男人啊？

羅茜男不禁為自己感到悲哀，暗下決定等拿到這兩塊地時，也就是他們分道揚鑣的時候了。

羅茜男說：「我相信你，才燾，你將來一定會要李廣武好看的。」過一會兒，睢才燾就先離開了。羅茜男抓起電話，打給豪天集團的保安部經理陸豐。

陸豐是老班底，跟著羅由豪一路打打殺殺過來的嫡系人馬。對羅茜男來說，也是豪天集團裏最可信賴的一幫人。

羅茜男把豪天集團帶上正軌之後，給這些班底安排了一些高薪卻不太需要做什麼事情的工作。陸豐就放在保安部做經理。

陸豐接了電話，羅茜男客氣地說：「陸叔，你來我辦公室一下，我有事需要你去辦。」

陸豐笑說：「好，我馬上就過去。」

陸豐很快就出現在羅茜男的辦公室。他是個五十歲上下的中年男人，雖然穿著一身西裝，打著領帶，但是從厚實的肩膀和臉上的刀疤上，依舊可以看出這個人曾經是多麼的彪悍。

陸豐問道：「茜男，你要我做什麼事啊？」

羅茜男笑笑說：「陸叔，你還記得前些日子我讓你放出話去，不讓人動北京市副市長李廣武這件事嗎？」

陸豐點點頭說：「當然記得啦，怎麼了，是不是有人不把我們豪天集團放在眼中，想去動李廣武啊？如果真有人膽子這麼大的話，我會親自出馬剁了他的。」

羅茜男趕忙否認，說：「陸叔，你別老這樣子，你現在是保安部的經理，不是街頭打架的混混了，說話要文明一些。」

陸豐不好意思地說：「這麼多年習慣了，好了茜男，以後我會注意的。你還是快告訴我，是不是有人敢不把我們豪天集團當回事的？」

羅茜男搖搖頭說：「不是的陸叔，是這樣的，我想請你安排人幫我查一下李廣武的底，看看這傢伙背地裏有什麼上不了臺面的事。」

羅茜男對李廣武坐地起價勒索豪天集團的做法很不滿，同時她也擔心李廣武會趁機開出她無法接受的天價來。事關豪天集團的發展大局，這兩塊土地她志在必得，因而先抓到能夠威脅李廣武的證據，好作為將來跟李廣武討價還價的砝碼。

羅茜男又交代說：「陸叔，你要注意千萬不要去驚擾了他，他怎麼說也是一個副省級的幹部，如果事機不密，被他知道我們在查他，對我們集團未來的發展可是很不利的。」

陸豐點點頭說：「這你放心，我會處理好的。誒，茜男，這事雎才燾那小子知道嗎？」

羅茜男說：「這件事暫時不要讓他知道。」

羅茜男不想讓雎才燾知道，一方面是因為雎才燾一點忙都幫不上，告訴他也沒用；另一方面，她擔心雎才燾嘴不牢靠，會出賣了豪天集團。

陸豐察覺到羅茜男對雎才燾態度上的變化，沒再多說什麼，說：「行，我知道該怎麼做了。」

羅茜男又吩咐說：「陸叔，你抓緊時間，我希望儘快看到李廣武的資料。」

陸豐應承說：「沒問題，這幾天我會盯緊他的。」

兩天後，李廣武打電話給雎才燾，說他晚上有時間，看看能不能安排見面。雎才燾和羅茜男一直在等李廣武這個電話，因此毫不猶豫的答應了下來。

地點在主席臺中餐廳，因為那裏是電梯直達包廂，私密性相當的好，不會讓人發現他們私下偷著會面。

時間訂在晚上七點，李廣武姍姍來遲，七點半鐘才到包廂。

這半個鐘頭的等待越發讓睢才燾感受到被怠慢的滋味。不過這次他冷靜了很多，並沒有在羅茜男面前罵李廣武。想來他已經嘗到了足夠的世態炎涼，知道不能再像以前那麼囂張了。

李廣武進了包廂後，抱歉地說：「不好意思啊，有個會議耽擱了，讓你你們倆久等了。」

羅茜男笑笑說：「沒事李叔叔，我們也沒等多久。」

睢才燾也說：「是啊李叔叔，我們也是剛到不久。」

李廣武問：「才燾，你父親那邊有沒有什麼消息傳出來？」

睢才燾搖搖頭說：「沒有，李叔叔，我們找了一些關係，想要查清我爸爸究竟牽涉到什麼事，結果沒有人能跟我們說清楚。」

李廣武拍了一下睢才燾的手，鼓勵說：「才燾，這時候你可要千萬挺住啊，越是這時候越是不能慌的。」

睢才熹點點頭，說：「我會挺住的。」

李廣武又跟羅茜男握了手，笑著說：「羅小姐，我們又見面了，你比我上次看到時又更漂亮了。」

羅茜男明顯感覺到李廣武握她的手時特意加了把勁，還帶有揉搓的動作，看她的眼神也肆無忌憚，幾乎沒離開她的胸前，顯然睢心雄的被雙規給了李廣武膽氣，讓他覺得在羅茜男和睢才熹面前他可以予取予求，不需要再去顧忌睢心雄的權威，因此行為變得格外的放肆，一副吃定了羅茜男的樣子。

羅茜男一陣反胃，李廣武的吃相實在是太難看了，讓羅茜男渾身直起雞皮疙瘩，忍不住用力將手從李廣武手中抽了出來。

李廣武臉色變了一下，照他的想法，你們想從我手裏拿地，就應該俯首貼耳聽我擺佈才對，這個羅茜男卻是不甘就範的樣子。心裏冷笑一聲，你這個臭女人跩什麼，你以為還有睢心雄罩著你們啊？

不過，羅茜男這種不甘就範的架勢反而更引起李廣武對她的興趣，這幾年，隨著地位的上升，李廣武早已習慣女人對他的順從，他看上的女人甚至不用他開口，就會對他投懷送抱。時間久了，他對這樣百依百順的女人就有些玩膩的感覺，羅茜男的反抗反而給他一種新鮮感，讓他有一種野性的刺激。

李廣武越發想要征服羅茜男了，尤其羅茜男還是睢心雄兒子的女朋友，這讓他更有一種興奮的感覺。以前他處處需要仰睢心雄鼻息，如果能把這個大人物的準兒媳給睡了，那感覺別提有多愜意了。

羅茜男只要還想拿那兩塊地，就逃不出他的手掌心，他樂得慢慢地消遣羅茜男，享受征服美人的過程。

李廣武招呼說：「大家坐吧，我也有點餓了，服務員，趕緊上菜。」

李廣武擺出主人的架勢，是要告訴羅茜男，今天這個局面我才是主宰者，你最好識相一點。

羅茜男雖然看不慣李廣武這副小人得志的樣子，卻懂得小不忍則亂大謀的道理，就笑了一下，去座位上坐了下來。

睢才燾對這一切看在眼中，看羅茜男對李廣武的行徑沒有太激烈的反應，他也就不想多事，以後再慢慢跟李廣武一起算好了。

第三章

八仙過海

李廣武客套地說：

「羅小姐千萬別這麼說，我可不敢跟你打這個包票。
現在爭取這兩塊地的公司很多，都在八仙過海各顯其能，
有些人實力遠比我強大，所以我只能說盡力爭取，
最後結果會如何我還真是不敢說。」

坐定後，羅茜男先給李廣武倒了酒，說：「李叔叔，我們豪天集團這次可就全靠您了，這杯酒我敬您。」

李廣武客套地說：「羅小姐千萬別這麼說，我可不敢給你打這個包票。現在爭取這兩塊地的公司很多，八仙過海各顯其能，紛紛透過不同的管道想要把這兩塊地給拿走。有些人實力遠比我強大，所以我只能說盡力爭取，最後結果會如何我還真是不敢說。」

睢才燾說：「李叔叔，您就別謙虛了，這個可在您分管範圍之內，您都無法決定，那誰有法子決定啊。」

羅茜男心裡覺得李廣武這麼說，無非是為了強調拿地的困難性，好向他們討價還價，爭取一個更好的交易條件，就說：「李叔叔，現在這裏就只有我們三個人，我想大家就打開天窗說亮話吧，您要什麼條件才能幫我們把地拿下來呢？」

李廣武看了羅茜男一眼，反問道：「羅小姐覺得可以給我什麼樣的條件呢？」

羅茜男說道：「李叔叔，您覺得一千萬怎麼樣，錢我們會幫你匯到香港的匯豐銀行，保證不會讓你有任何麻煩。」

一千萬這個數字對一般人來說已經是一筆巨額財富，但是相比起這兩塊土地能帶來的巨額利益，可就就微不足道了。按照李廣武的估算，這個項目少說也會給豪天集團帶來幾十億的營收，一千萬和幾十億根本不成比例：再說，李廣武也沒打算要一下子就答應羅茜男，如果馬上就答應，他就無法染指羅茜男了。

李廣武回說：「羅小姐是不是在跟我開玩笑啊？如果你沒有誠意的話，我們就沒必要談下去了。」

羅茜男也沒期望李廣武能夠立刻就接受，這只不過是她的開價而已，就笑了一下，說：「那李叔叔覺得多少合適呢？」

李廣武沒有直接開出價碼來，說道：「羅小姐，你和我都知道這兩塊地能帶來多大的利益，如果你真的想拿下這兩塊地的話，還是開個比較實在的價碼比較好。」

羅茜男沉吟了一下，說：「這樣吧，豪天集團會讓渡出這兩塊土地開發利益的百分之五，讓您擁有項目開發公司百分之五的乾股作為報酬，您看可以了吧？」

李廣武其實認為這個條件算是很有誠意了，除了一項，就是如果再加上羅茜男的身體就更完美了，而要得到羅茜男，需要玩上一點點小花樣。

對這個，李廣武是駕輕就熟，他可是玩女人的老手，知道現在要把羅茜男帶到床上去的火候還不到，必須要把羅茜男熬到恰到好處的火候才行。

李廣武狡猾地說：「羅小姐，我已經感受到你的誠意了，但是我還需要一點時間考慮，這樣吧，我過幾天再答覆你，行嗎？」

羅茜男認為自己開出的條件已經夠豐厚了，李廣武居然還要考慮，難道這傢伙是腳踩兩條船，還有別的公司也在跟他談交易？

羅茜男有些不滿地說：「李叔叔，您這就不爽快了吧？這個條件已經是夠豐厚的了，我真不知道有什麼理由會讓你不答應。」

李廣武心說：理由很簡單，我還想上了你，讓你陪我一晚呢！

李廣武滑頭地說：「羅小姐，你總不會等幾天的耐性都沒有吧？」

羅茜男提醒說：「耐心我有，不過離正式競拍的時間可沒幾天了。」

羅茜男是擔心李廣武會故意還在競拍前的日子才答覆她，那樣倉促間她就無法做出應變措施了；萬一李廣武故意開出新的價碼來，逼著她不得不簽城下之盟就麻煩了。

李廣武笑笑說：「既然你有這個耐心，那就等幾天吧，放心，我不會讓你失望的。」

羅茜男此時也沒有別的辦法逼迫李廣武答應她的條件，只好妥協說：

「既然李叔叔這麼說，那我就等您幾天好了。」

海川市政府，市長姚巍山辦公室。

姚巍山看著從乾宇市前來看望他的林蘇行，抱歉地說：「老林，我答應你的事恐怕還得等等，我現在在海川的處境很尷尬，還沒有找到機會辦理把你調來的事。」

林蘇行諒解地說：「姚市長，您不用解釋了，您市長選舉時發生的事，我都聽說了，我知道您的處境，所以只是來看看您，並沒有要催你把我調過來的意思。」

姚巍山心裏彆扭了一下，真是好事不出門，壞事傳千里啊，他首輪選舉沒有過半的事都傳到乾宇市了，估計東海省各個地方都知道這件事了。

姚巍山說：「老林，謝謝你這麼能諒解我，只是還要委屈你繼續受一段時間的氣了。」

林蘇行笑笑說：「我沒事的，華靜天也不能把我怎麼樣，頂多只能批評

我幾句而已，我權當沒聽見就是了。誒，姚市長，您這邊的情況還好吧？」

姚巍山嘆了口氣，這段日子他過得很煎熬，他一向自視甚高，沒想到在這次選舉中卻狼狽到了極點，心情自然是很沮喪了。

姚巍山大吐苦水說：「表面上是沒什麼，只是我在孫守義面前更得夾著尾巴做人了，原本以為當上市長，很多事情就會改變，沒想到這次選舉把我鬧了個灰頭土臉，我是靠著孫守義的幫忙才勉強過關的，所以不得不更尊重他一些了。」

林蘇行安慰姚巍山說：「姚市長，大丈夫能屈能伸，您就暫且忍耐一下吧；再說人家也幫過您，您尊重他一下也是應該的。」

姚巍山苦笑說：「關鍵是海川政壇上的人都知道我初選沒過半這件事，現在看我的眼神都怪怪的，這讓我有一種特別憋悶的感覺，總覺得人們在背後對我指指點點的。」

林蘇行聽了，說：「姚市長，這是您自己給自己造成的心障，初選沒過半又有什麼，最終你不還是當選了嗎？您只要記住您是最後勝出者就夠了，至於背後有人指指點點，我覺得更沒有必要去在乎了，這世界上還有不被人議論的人嗎？」

姚巍山笑了一下，說：「那倒是沒有。」

林蘇行打氣說：「就是嘛。不被人議是庸才，有能力的人都會被指指點點的。」

姚巍山大為感慨地說：「老林啊，謝謝你開導我，叫你這麼一說，我心裏好受多了。」

林蘇行一副自己人的口吻說：「跟我就不用這麼客氣了，其實我覺得您的問題不在這裏。」

姚巍山納悶地問道：「那你說在哪裡啊？」

林蘇行分析說：「我覺得您的問題在於您在海川市根基太薄弱了，您看，隨便冒出一個副市長就把您搞得那麼被動，差點毀了您的市長選舉。如果您在海川根基雄厚的話，還不直接就打敗那傢伙了啊？」

姚巍山頗有同感地說：「老林，你這句話說到重點上了，胡俊森那混蛋就是欺負我在海川市沒根基。哎，真是人心隔肚皮，遇事兩不知啊，其實我對胡俊森一直很不錯，還把很重要的工業經濟這一塊交給他分管，沒想到這傢伙居然在關鍵時候從背後捅了我一刀。」

林蘇行附和說：「人心不足嘛，您即使對他再好，也無法讓他抵抗住市長寶座的誘惑啊。」

姚巍山感嘆說：「是啊，我這次算是真的瞭解這個傢伙了，他根本就是一個養不熟的白眼狼，我現在是不好對他下手，不然的話，早就收拾他了。」

胡俊森在關鍵時刻做出了退讓，還表態支持他，姚巍山認定胡俊森做這些都是迫於形勢不得不做出的退讓，但是表面上他還得領胡俊森這個情，不然會被別人批評為他不夠有風度。

林蘇行建議說：「對付他的事倒是可以暫時放一放，您應該從現在開始著手培植自己的勢力，不然是始終無法改變目前這種受制於人的狀態的。」

姚巍山苦惱地說：「老林啊，你說的這個觀點我也贊同，只是有一點你要知道，我現在在海川的這個處境，能做的事情真是不多啊。」

林蘇行搖搖頭說：「我倒不這麼認為，我覺得現在正是您培植自己勢力的大好時機。」

「哦？」姚巍山問道：「你為什麼會這麼說啊？我怎麼看不出來現在是培植勢力的好時機啊？」

林蘇行笑笑說：「那是因為當局者迷，眼前正好有一個進行人事佈局的大好時機，您只要利用好了，雖然不能馬上就對您在海川的形勢大逆轉，但起碼會有所改善的。」

姚巍山大惑不解地說：「你快說來聽聽，我怎麼會有一個人事佈局的大好時機啊？」

林蘇行說：「您看，那個何飛軍不是被雙規了嗎？這不就空出了一個副市長的位置了嗎？」

姚巍山怔了一下，隨即說：「老林，你又不是不知道副市級的幹部需要省委才能指派，就算我有心在這個副市長的位置上安排自己的人，也沒這個能力啊。」

林蘇行說：「您沒這個能力，但是省委馮書記有啊，您可以找馮書記來幫您做這個人事佈局。」

「馮書記，」姚巍山驚詫地說：「老林，你不會認為我有能力指揮馮書記吧？」

林蘇行笑笑說：「我的姚市長啊，看來這次選舉受挫真是把您給打擊得不輕啊，以至於這麼明顯的事您都看不透。我不是讓您去指揮馮書記，而是讓您去跟馮書記求援的。」

姚巍山更是不解了，說：「向馮書記求援，怎麼個求援法啊？」

林蘇行面授機宜說：「您可別忘了當初是馮書記推薦您出任這個代市長的，您選舉受挫，馮書記的臉上也會無光的。趁此機會，您就應該找馮書記講明您這次選舉受挫的原因，讓她知道您之所以受挫，是因為身邊沒有可以信用的人，為了您今後工作的開展，讓她在這次空缺出來的副市長位置安排上，幫您多考慮一下。」

姚巍山沉吟了起來，林蘇行的提醒，的確是個盤活局面的好主意，他感激地說：「老林，你這麼說倒是提醒我了，不過在找馮書記之前，我覺得還是應該先搞出一個人事安排的方案出來比較好，你覺得這件事應該怎麼安排比較合適呢？」

林蘇行暢談說：「我有一個大體的思路，首先，這個副市長最好是從海川內部產生，把海川市某個位置上的人提拔起來，這個被提拔起來的人自然就會成為您的人馬了。而這個被提拔的人的位置，您可以從海川市政府調一個副秘書長去填空……」

聽林蘇行侃侃而談，姚巍山不禁笑了起來，當初他曾答應要把林蘇行調到海川來出任副秘書長的，便指著林蘇行說：「你這個傢伙，繞了半天，還是為了你自己的調動才來的。」

林蘇行說：「我承認我是有私心，但這麼做可不僅僅是對我有利，對您更有利，我認為這是當前您能解困的唯一辦法。」

姚巍山點了點頭，不得不承認這個人事佈局對他還真是很有利，讓他有動一子滿盤皆活的感覺。

姚巍山想了一下，說：「定策縣的縣長郭家國在我出任海川市代市長的時候，去乾宇市拜訪過我，這人以前跟我是在省裏一起開會的時候認識的，相處的還算愉快。他的定策縣縣長已經做了很長時間，資歷上也夠做副市長的了。」

林蘇行點點頭說：「這個人很合適，他長時間未被重用，您一來就重用他，他肯定會對您十分感激的。那剩下的事情，就是安排一個您覺得還不錯的副秘書長去做這個定策縣的縣長了。只是這裏面有個問題，您能做得通孫守義的工作嗎？」

姚巍山遲疑了一下，說：「我想應該可以吧，我們現在關係還算不錯，這點面子我想他是會給我的。」

林蘇行聽了說：「這個可以先不管，現在最要緊的，是趕緊幫郭家國將這個副市長的位子拿到手，其他的可以逐步解決。」

姚巍山也覺得這個副市長的位置是一個關鍵，如果他能爭取讓郭家國出任海川市副市長的話，馬上就能起到兩個作用，一是在市政府多了一份支持他的力量；二是向海川政壇發出一個信號，那就是他姚巍山是有能夠安排人事的能力。當下屬知道你能夠幫他們安排位子時，自然就會向你靠過來，起到一個凝聚人脈的作用。

現在何飛軍的位子空出來已經有一段時間了，只是因為省級和全國的兩會召開，省委才沒有安排人出任。現在兩會已經結束，估計省委很快就要研究幹部安排了，姚巍山必須要搶在這之前跟馮玉清講這件事，否則等省委確定好人選，就什麼都完了，看來他只得硬著頭皮去見馮玉清啦。

姚巍山撥通了馮玉清的電話，馮玉清接了電話，語氣冷淡的說：「什麼事情啊？」

姚巍山笑了一下，說：「馮書記，我有事需要跟您當面彙報一下，您什麼時間有空？」

馮玉清稍稍遲疑了一下，說：「下午過來省委吧，我在辦公室。」

姚巍山就對林蘇行說：「老林，我要趕去省城，就不能陪你吃飯了。」

林蘇行笑笑說：「辦正事要緊，飯什麼時候都可以吃的。」

姚巍山匆忙趕去省城，馮玉清在辦公室接見了他。

坐定後，馮玉清說：「姚市長，你見我是有什麼事嗎？」

姚巍山看出馮玉清並不是很想跟他見面的樣子，心裏就有些發虛，強笑了一下，說：「馮書記，是這樣子的，我是想向您瞭解一下，省委有沒有對何飛軍空出來的那個副市長位子做出安排啊？」

馮玉清看了姚巍山一眼，說：「省委最近事情比較多，還沒有騰出時間來研究幹部，你問這個幹什麼？」

姚巍山說：「我想向省委推薦一個人，海川市定策縣的縣長郭家國，這個同志各方面能力都很出色，十分適合擔任海川市的副市長。」

馮玉清不置可否地說：「行，我知道你的意思了，省委會對此進行研究，然後做出決定的。」

看馮玉清用官腔來敷衍他，姚巍山立時心涼了半截，如果得不到馮玉清的支持，他這個海川市市長未來的路將會走得十分艱難。不行，不能就這樣算了，姚巍山覺得必須為自己爭取一下。

姚巍山看著馮玉清，為自己辯解說：「馮書記，我知道我這次的表現讓您很失望，但是您想過沒有，您把我從乾宇市調到海川，我沒有絲毫根基，憑空就要來選這個市長，我跟海川的同志們都還沒有完全熟悉，出現這些情形也是難免的。」

姚巍山這話實際上是在告訴馮玉清，出現初選不過半的情形罪不在他，應該承擔責任的是孫守義這幫海川市的幹部，是這幫人不用心輔選才導致出現這樣的結果的。

馮玉清雖然並不完全認同這個說法，但是也不得不承認姚巍山說的有一定的道理。姚巍山不熟悉海川是事實，孫守義自然無法逃避責任。

姚巍山接著說道：「不過，不管怎麼樣，我現在還是當選了海川市市長，既然坐到了這個位置，我就想把這個市長給幹好，如果仍然沒有我可以依靠的幹部，我這個市長也是很難做好的。我相信您也不想看到這個情況繼續下去，啟用郭家國同志，是我想要打破現在困局的一個嘗試，希望您能夠支持我。」

馮玉清思考了一下，說：「巍山同志，省委不會不支持下面同志的工作的，不過，你也不要把這次選舉的責任都歸咎在海川市的同志身上，你要檢討一下你自己，為什麼在組織這麼大力的幫助下，你還是差點就不能當選呢？你到海川之後的所作所為，是不是都經得起組織和人民的檢驗呢？」

馮玉清這麼說，明顯就是意有所指了，姚巍山心裏直打鼓，心說馮玉清不會是知道了些什麼吧？趕忙解釋說：「馮書記，前段時間有一些關於我的謠言，那都是一些為了破壞市長選舉的人故意捏造出來的，您要相信我，我絕對沒做過那些事情的。」

「真的沒做過嗎？」馮玉清盯著姚巍山的眼睛問道。

姚巍山額頭上的汗更多了，掩飾地說：「真的沒有，馮書記。」

姚巍山的慌亂，馮玉清一一看在眼中，越發相信姚巍山有問題，但是她也沒有要深究下去的意思。姚巍山有問題不假，但是現在有幾個官員操守沒問題呢？要是深究下去的話，姚巍山很可能要被追究刑事責任，她這個省委書記也要成為人家的笑柄的，因為她居然推薦了一個還沒正式成為市長就貪腐的官員。

馮玉清感覺敲打姚巍山也差不多了，就正色說：「希望你沒有，不過我在這裏明確的警告你，在以後的市長工作中，一定要把持好自己，千萬不要去做違法違規的事。否則，你一定會遭到嚴厲的懲處，知道嗎？」

姚巍山大力地點點頭說：「我知道了，馮書記，我一定會嚴格要求自己，不越雷池一步的。」

從馮玉清辦公室出來，姚巍山只覺得後背涼颼颼的，就這麼一會兒功夫，他的後背已經被冷汗給濕透了。不過慶幸的是，馮玉清最終還是同意了讓郭家國出任海川市副市長，他的人事佈局終於可以實施了。

北京市政府，副市長李廣武辦公室。

睢才燾正坐在辦公室的外間等著李廣武的接見。秘書跟他講李廣武現在有客人，要等客人接待完，李廣武才能見他。

此一時彼一時，換在以前，睢才燾是不會有這個耐心坐在這裏等的。這些日子，睢才燾看到太多的冷眼，因此秘書讓他等，他就乖乖地等著，絲毫沒有表現出什麼怒氣來。

睢才燾是突然接到李廣武的電話的，李廣武在電話裏說要跟他單獨聊聊，讓他過來市政府找他。

他沒想到李廣武在這時候還會主動打電話給他，對此，睢才燾是有些受寵若驚的，總算這個李廣武還有點人情味，對他念及舊情。因此放下電話後，他就馬上趕來市政府跟李廣武見面。

過了十幾分鐘，李廣武出來送客人離開，回來的時候，就對雎才燾說：

「才燾，跟我進來吧。」

雎才燾就跟著李廣武進了辦公室的裏間，對雎才燾說：「才燾，我今天把你找來，是因為有些話不方便當著外人跟你講，最近家裏沒遇到什麼困難吧？你父親的事很嚴重，我愛莫能助，但是你如果遇到了別的困難，還是可以來找我的。」

雎才燾覺得李廣武很虛偽，我現在最需要的就是拿那兩塊地的事，你本來跟我們談得好好的，現在卻跟我坐地起價，這哪是幫忙啊，簡直就是勒索了。

雎才燾便說：「李叔叔，家裏還好，沒有遇到什麼特別困難的事。」

「那就好，」李廣武說：「我跟你父親也算是老朋友了，可不希望看到他的家人生活得不好。說定啦，以後遇到什麼事情就來找我啊。」

雖然李廣武會不會真的做到這個承諾還很難說，但是他至少是表達出了善意，雎才燾就禮貌地說：「謝謝您，有需要的話，我會來找您的。」

「跟我就不用客氣了，」李廣武又說：「才燾啊，那兩塊地的事，你可不要以為李叔叔跟豪天集團談價碼是在勒索你，不是的，你要理解我，現在的形勢跟你父親沒出事之前不同，以前我只要說一聲睢書記的兒子想要這兩塊地，別人自然就會禮讓你，對這兩塊地退避三舍了，可現在這話我能說嗎？我甚至不敢提這裏面有你的參與。」

李廣武這麼說，睢才燾心中倒是能認同，便說：「李叔叔，這我能理解，所以我也一直沒怪過您的。」

「你能理解最好，我現在只能對外人講是豪天集團想拿這兩塊地，而豪天集團要想拿這兩塊地，不出點血擺平一些關係是不行的，所以我跟羅茜男談判並不是為了我自己，而是需要拿那些錢幫你們擺平一些必要的關係，不然的話，豪天集團根本就無法拿到這兩塊地的。」李廣武解釋說。

要說李廣武沒一點私心，睢才燾肯定是不相信的，不過睢才燾也不好說李廣武說的完全是假話，這兩塊地有巨大的利益在其中，肯定有很多人想要從中分一杯羹的。

反正羅茜男已經準備認這壺酒錢了，睢才燾就說：「李叔叔，您不用再解釋什麼了，我都說了我能理解。」

「好，你能理解就好，」李廣武欣慰地說：「說到這裏，才燾，我想問問你跟這個羅茜男現在究竟是怎麼樣的關係？」

睢才燾不疑有他地回說：「茜男跟我是男女朋友關係，至於豪天集團，我在裏面有投資，在董事會佔有一席董事的席位。」

「僅僅是男女朋友關係啊，也就是說，你們的關係還沒有固定下來嗎？才燾，這你就要小心了。」李廣武警告說。

睢才燾愣了一下：「小心什麼啊？我不太明白您的意思，我跟茜男現在的關係處得很不錯啊。」

李廣武搖搖頭說：「小心什麼，難道你不覺得羅茜男那個女人很精明嗎？如果你父親沒出事，或者你和她的關係確定下來了，那肯定沒什麼問題，但是現在你和她的關係又沒確定，很難說不會發生什麼變化的。」

睢才燾的臉色陰沉了下來，相處這段時間以來，他對羅茜男有一定程度的瞭解，羅茜男的確比他精明很多，心計和能力都遠勝於他，他們兩人之所以在一起，本就是各取所需，純粹是商業上的結盟而已，所以兩人雖然是男女朋友，但是至今還沒有做過太過親密的行為。

這次因為豪天集團要運作這兩塊地的關係，睢才燾把他的資金全部注入到豪天集團，等於是把全副身家都賭在豪天集團身上，睢才燾便很後悔不該把所有的雞蛋都放在一個籃子裏，搞得現在他一點應變的餘地都沒有。

在把資金注入到豪天集團之前，其實父子倆是經過慎重考慮的。他們知道豪天集團有複雜的社會背景，但是因為那時候睢心雄還沒出事，即使豪天集團的背景再複雜，也有能力擺平。現在看來，這一點反成了致命傷，羅由豪和羅茜男都不是什麼善類，肯定不會願意把到嘴的肥肉再吐出來，如果羅茜男這時棄他而去，睢才燾很擔心羅茜男會把他的資金給獨吞掉，而他手裏卻沒有什麼可以制衡羅茜男的力量。

特別是他的資金來源並不乾淨，很有可能因此人財兩失，因此李廣武的話，正好說中了他的要害，看來要趕緊想辦法保證資金的安全，那可是睢家目前擁有的唯一財富了。

雖然心中暗生警惕，睢才燾卻沒有要跟李廣武討論這件事的想法；誠然羅茜男不是什麼好人，但李廣武也不是什麼好東西，他還沒看透李廣武專門把他叫來的真實意圖是什麼，因此並不打算在李廣武面前袒露自己真實的想法。

睢才燾就故作輕鬆地說：「李叔叔，您擔心這個就有點多餘了，我跟茜男處得相當好，不會像您說的那樣，發生什麼變化的。」

李廣武笑了起來，睢才燾的神色變化他都看在眼中，他才不相信睢才燾所說的兩人關係相當好這種鬼話呢。反正他已經成功的讓睢才燾對羅茜男產生了嫌隙，這個話題也就不必繼續深入下去，否則就有挑撥兩人關係的嫌疑，反而會讓睢才燾生疑的。

李廣武聳聳肩說：「我只是從作為你父親老朋友的立場出發，想提醒一下你而已，既然你們相處得很好，那我就放心了。才燾啊，你對怎麼運作這兩塊地可有什麼想法？」

睢才燾就講了他和羅茜男對這兩塊土地的規劃設計，總體而言，跟原來的設計大同小異，不過規模更大一些而已。

李廣武聽完，讚許地說：「你的設想很不錯啊。才燾啊，我很替你父親欣慰啊，看來只要能拿到地，你會做出一番恢弘的事業來的。」

睢才燾謙虛地說：「這還只是一個設想而已，要想成為現實，還需要李叔叔您大力支持才行。」

李廣武一口應承說：「才燾，我一定會大力支持你的。照你們的規劃設想來看，需要一筆很大的資金才能運作好這個項目，你們的資金夠嗎？」

睢才燾顯出有些尷尬的表情說：「是不太充足，恐怕到時候還是需要銀行的融資才行。」

說起銀行融資，這也是睢才燾擔心的一件事。豪天集團雖然號稱是集團公司，但自身的實力並不強，資產不過是幾億的規模，能抽調出來發展這兩塊土地的額度就更少了；加上他帶進豪天集團的資金，總共能動用的資金也還不到十億，因而必須要靠銀行融資才行。

要是在他父親沒出事的時候，根本就不成問題，憑睢心雄的關係，幫豪天集團籌措到資金根本是輕而易舉的事；但現在睢心雄倒臺，銀行界又收緊了土地抵押貸款的審批，豪天集團想要拿到貸款，恐怕不是件容易的事。

李廣武笑笑說：「這我也猜到了，現在的房地產業發展靠的都是銀行的錢，沒有幾個自有資金充足的。才燾，等你們確定拿到地之後，過來找我吧，我會幫你們聯繫幾家銀行的。」

如果能夠解決貸款的問題，發展這兩塊土地就沒什麼大的難題了，睢才燾喜出望外地說：「李叔叔，如果您能幫我們解決貸款的問題，那真是幫了大忙了。」

李廣武保留地說：「你也別高興得太早，雖然銀行多少會給我點面子，但是能不能幫你們解決全部的資金問題，我也不敢打包票，只能說我會盡力而已。」

睢才熹這時候覺得李廣武似乎也不是那麼可惡了，就笑笑說：「即使那樣，我們仍然是很感謝您的。」

李廣武親切地說：「都跟你說不要這麼客氣了。你回去吧，做好參加競拍的準備工作吧。」

睢才熹就站了起來，說：「行，李叔叔，您忙吧，我回去了。」

第四章

心肝寶貝

李廣武看羅西男話說一半卡殼了，
知道一定是她發現身體有什麼異常，
看來水中下的藥起功效了，他心裏樂開了花，
順著羅西男的話說道：「當然是拿你當心肝寶貝啦。
小心肝，現在就讓我好好疼你吧。」

睢才燾走向門口時，李廣武突然在後面叫住了他，說：「才燾啊，我明天會約羅茜男來，基本上沒什麼別的，就是告訴她，我接受她開給我的價碼而已，到時候你就不用一起過來了。」

睢才燾當下愣在原地，這時候他才明白李廣武把他約來，又是提醒他，又是好心說要幫忙貸款，其真實的意圖是什麼了。說了半天，這個老色鬼是在打羅茜男的主意啊，卻又擔心他明天會跟羅茜男一起來，讓他沒有下手的機會，所以才提前許了他好處，讓他不至於從中作梗。

睢才燾心裏直罵娘，心想：羅茜男即使再有缺點，也是我公認的女朋友，你這個老色鬼要睡她，就等於是給我戴綠帽，對一個男人來說，世界上還有比送他一頂綠帽子更可氣的事嗎？就算是豁上不要這兩塊地了，我也不能受這種屈辱啊?!

睢才燾準備要跟李廣武翻臉，不過，就在他要轉身想罵李廣武混蛋的時候，心裏卻有一個聲音在提醒著他，你這樣做值得嗎？你想過這樣做的後果嗎？你能承擔得起這麼做的代價嗎？

挫折能夠讓人成熟，他很快就意識到此刻不能意氣用事，怒氣就慢慢地平息下來了，心中權衡著他究竟要不要提醒羅茜男小心李廣武的邀約；或是不理會李廣武說的，陪羅茜男一起來呢？

如果他壞了李廣武的好事，惹惱李廣武，李廣武就不會讓他拿到這兩塊地，更不會幫他協調銀行貸款的事了，那他規劃半天，苦心策劃的宏偉藍圖就算是徹底完蛋了，更不用說後面所帶來的連鎖反應，包括他注入豪天集團的資金也可能會被凍結，也別想把資金洗白了。

回過頭來，假設他識相地回避這次會面，造成的後果也就是傷點男人的自尊、損失一個女朋友而已，反正他和羅茜男本來就是相互利用的關係，對睢才燾來說，這並不是一件很難接受的事情。

對羅茜男而言，為了拿到土地，她也許根本就不介意跟李廣武滾一下床單，他又何必杞人憂天，說不定李廣武睡得滿意了，還會給豪天集團提供更多的幫助呢，睢才燾就決定當做什麼都不知道好了。

第二天，上午十點多鐘的時候，羅茜男接到李廣武的電話，李廣武說他願意接受羅茜男開出的條件，只不過還有些細節需要跟羅茜男再敲定一下，所以讓羅茜男下午三點見面。

李廣武約見面的地點是一家五星級酒店，至於為什麼選擇在酒店，李廣武的說辭是他中午正好在這家酒店有個應酬，約在這裡見面，對他來說比較方便。羅茜男沒有多想，爽快地答應了。

結束跟李廣武的通話後，羅茜男就打電話給睢才燾，跟睢才燾說李廣武約她見面的事，意思是要睢才燾陪她一起去見李廣武。

沒想到睢才燾卻藉口說：「不行啊，茜男，我下午三點幫我媽媽約了醫生，我父親出事，我媽這段時間都睡不好覺，導致她心絞痛的老毛病又犯了，我一定得陪她去看醫生才行，恐怕沒法陪你去了，真抱歉啊。」

羅茜男很不願意一個人去見李廣武，她很討厭李廣武看她的那種不安好心的眼神，就拜託說：「才燾，你就不能跟醫生另約一個時間嗎？我實在不想一個人去見李廣武。」

睢才燾心說：我就是要避開你們的見面，才謊稱要帶媽媽看病去的，又怎麼可能另約時間呢？睢才燾就裝作為難地說：「不行啊茜男，這個醫生是國內最頂尖的心臟病專家，很難約的，我好不容易才幫我媽媽約到，你還是自己去跟李廣武見面吧，反正事情我也都知道，你就去見見他好了。」

羅茜男沒往別的方面去想，他們要談的都是上不了臺面的暗盤交易，也不適合再讓第三者參與，羅茜男只好說：「好吧，我就一個人去見李廣武吧。」

下午三點，羅茜男準時出現在酒店房間。

羅茜男注意到李廣武身上雖然有些酒味，但是臉並沒有發紅，神志也很清醒，很多男人會借酒裝瘋，做出輕薄女人的行為，看起來李廣武的樣子還算正常，她的心多少放下來一些。

「來，羅小姐，快進來吧。」李廣武招呼著說。

羅茜男跟著李廣武進了房間，在沙發那裏坐下。

李廣武故作訝異地問道：「咦，才燾呢，他怎麼沒跟你一起來啊？」

羅茜男說：「才燾的母親病了，下午約了醫生，所以沒空過來。」

李廣武心裏暗自好笑，他知道雎才燾肯定不是陪母親看病去了，算這傢伙知趣，選擇不來，把羅茜男送到了他的手掌心，今天他一定可以抱得美人歸了。

李廣武笑笑說：「才燾這孩子挺孝順的嘛。羅小姐，你喝點什麼，茶還是飲料？」

羅茜男不想跟李廣武磨蹭太久，她想趕緊跟李廣武談完條件就迅速離開，便說：「李叔叔，不用麻煩了，我們談好事情我就要走了。」

李廣武聽了說：「那怎麼可以，你來這兒總是客人嘛，連杯飲料都不倒給客人喝的話，我這個主人也太不禮貌了吧。」

看李廣武盛意拳拳的樣子，羅茜男就有些不好推辭，不過她很有警覺，由於經營俱樂部，常常聽說有些壞男人在飲料中下藥強姦女人的事情，因而對李廣武這樣的老色鬼，她自然保持著戒心，就笑了一下，說：「那李叔叔，您給我倒杯水就好了。」

李廣武事先可能會在飲料中做手腳，白開水總該無妨吧。

李廣武就給羅茜男倒了杯水，然後說：「我可是要喝茶的，中午我喝了酒，要喝杯茶解解酒。」

羅茜男說：「您隨意就好。」

李廣武為自己泡了一杯茶，看羅茜男並沒有拿起杯子喝水，就端起茶杯，衝羅茜男示意了一下，說：「喝水啊，羅小姐。」

羅茜男見李廣武招呼她，不好意思不回應，就端起杯子喝了口水，然後說：「李叔叔，您說有些細節要跟我商量，您說吧，究竟是哪些細節啊？」

李廣武卻顧左右而言他的說：「羅小姐，你別這麼急嘛，我剛剛才結束了應酬回來，你先讓我喝口茶、喘喘氣行嗎？」

羅茜男只好耐住性子，道歉說：「是我有點心急了，您請。」

李廣武就喝了一大口茶，然後故作關心的問道：「誒，羅小姐，才熹沒說他母親是什麼病啊？」

羅茜男回說：「聽才熹說是心絞痛，約了一個很有名氣的醫生。」

「唉，」李廣武嘆了口氣，說：「肯定是因為睢書記出事才這樣的。睢書記這一出事，才熹家等於是天塌了，他母親一定是情緒受了很大的影響才會得這種病的。羅小姐，你作為才熹的女朋友，這時候應該多給他和他的家人一點支持才行啊。」

羅茜男說：「我會的，李叔叔。」

李廣武又說：「我就知道你是個懂事的女孩子，不錯啊，你有能力又懂事，長得又這麼漂亮，才熹能找到你做他的女朋友，真是他的福氣啊。」

羅茜男心中暗罵李廣武真是囉嗦，一直不談正題，老是搭訕這些旁的話題，估計這個老色鬼是看好不容易有這麼一個單獨跟她相處的機會，想多黏糊她一會兒。偏偏李廣武說的話都是稱讚她的，羅茜男又不好發作。

羅茜男只得謙虛地笑笑說：「李叔叔，您真是太會說話了，我哪有您說的那麼好啊。」

「有的有的，」李廣武一迭連聲說道：「我從第一眼看到你，就覺得你身上有一種特別的魅力，連我這把年紀了看到你都心動不已，別說是那些年輕人了。」

羅茜男真是有些無語，心說你豈止是心動不已啊，簡直就是想把我給剝光了吧！然而她現在有求於李廣武，不好說什麼，就拿起水杯喝了口水，藉以掩飾心中對李廣武的煩膩。

看羅茜男拿起水杯喝水，李廣武眼中閃過一絲竊喜，這個女人今天肯定逃不出我的手掌心了，等一下我可要好好的玩一玩你。

李廣武擔心被羅茜男察覺到異常，因此雖然心中竊喜，神色很快就恢復了正常。

放下水杯後，羅茜男再次提醒說：「李叔叔，我們還是來談談那些細節問題吧，別我待的時間太長，耽擱了您的休息。」

放心，我絕對不會嫌你待的時間太長的！李廣武心裏正邪惡的想著一會兒藥效發作，羅茜男就會被他渾身上下剝個精光，他就可以任意在她如花似玉的身上肆意撒歡，不禁心神蕩漾，忍不住咽了一口唾沫下去，似乎已經開始品嘗起羅茜男美味的身體了。

羅茜男看李廣武不回答正題，卻看著她直咽唾沫，知道這個老色鬼心中一定在想著什麼邪惡的念頭，就有些惱火，不悅的瞅了李廣武一眼，說：

「李叔叔，您到底有沒有在聽我說話啊？」

羅茜男拋出的這個眼神，給人一種一顰一笑無不動人的感覺，看在李廣武眼中更是有一種別樣的風情，讓他頓時銷魂。

這時候，他感覺羅茜男水裏的藥物該起作用了，也就不再繼續偽裝下去，就伸出手，抓住了羅茜男的玉手撫摸起來，同時淫邪的笑說：

「茜男，我想你好久了，那些細節不用談了，只要你跟我好，多一點少一點的我都無所謂。」

羅茜男看李廣武剝掉了偽裝，把色鬼的嘴臉拿了出來，頓時火了，一把將手給掙脫出來，脫口罵道：「你個老混蛋，把你姑奶奶當……」

羅茜男話才說了一半，忽然感覺腦子裏一陣發暈，心裏驚叫了一聲：不好！中了這個老色鬼的招了。

羅茜男想起李廣武幫她倒的那杯水，水面上彷彿浮著一層薄膜，當時她沒有在意，現在她才想到俱樂部的人曾經跟她說過，有一種被稱作「催情燕窩」的毒品，是一種白色粉末，溶於水後無色無味，一般人難以察覺。

這種毒品，服後約半小時後便會藥力發作，出現神志不清、行為失控的情形，會不斷的說話，失去自我約束的能力，個人防衛意識會大幅減弱；又因為具有催情的功效，吃了會對別人的侵犯不以為意。由於這種毒品溶於水的時候，液體表面會起一層薄膜，仿似燕窩狀，因而被稱為「催情燕窩」。

難怪李廣武一直不跟她談土地的事，只東拉西扯跟她磨時間，原來這個混蛋是想拖延時間，等藥性發作啊。

李廣武看羅茜男話說一半卡殼了，知道一定是她發現身體有什麼異常，看來水中下的藥起功效了，他心裏樂開了花，順著羅茜男的話往下說道：

「當然是拿你當心肝寶貝啦。小心肝，現在就讓我好好疼你吧。」

李廣武邊說邊站起來想要去抱羅茜男，他滿心以為此刻的羅茜男一定喪失反抗能力，可以任他擺佈了。

然而他忽視了一點，那就是羅茜男此時並沒有嚴重到暈倒在地的狀況。由於她喝下的水並不多，只象徵性的喝了兩口；再來是羅茜男自小就練過搏擊之術，體格比一般女人有力，因而毒性對她的影響相對也較小。

因此羅茜男雖然感到頭暈，卻還沒到失去反抗能力的地步，看李廣武想過來抱她，羅茜男用力的一咬舌頭，讓自己頭腦清醒一些，然後猛地揮起一記勾拳，擊在李廣武的下巴上。

這也是那天讓傅華領教過的厲害無比的勾拳，傅華那時被打得毫無招架之力，此刻雖然在毒品的影響下，羅茜男的力氣有所減弱，仍然不是毫無防備的李廣武能夠承受的，只見他被打得頭朝後，就狠狠地摔到地上了。

羅茜男知道她必須儘快離開李廣武的房間，因為她不知道藥效全部發作起來會是什麼樣子，她只有儘快離開這個李廣武控制的地方，才能脫險。

羅茜男二話不說衝向門口，趕緊打開門，然後快步跑向電梯，邊走邊拿出手機打給司機，讓司機在一樓的電梯口接她，如果到時候沒看到她，就馬上報警處理。

剛打完電話，電梯就來了，羅茜男進了電梯，回頭看李廣武並沒有從房間裏追出來，心裏鬆了口氣，渾身上下頓時沒了氣力，一屁股坐在電梯的地板上。

電梯開始下降，羅茜男只覺得腦子越來越昏。還好電梯到一樓的時間並不長，羅茜男還能勉強認出司機焦急的面孔。

這個司機是羅茜男從特警隊招募過來的退役女警，身手也十分了得，算是司機兼保鏢，跟了羅茜男好幾年，羅茜男見到她，知道自己安全了，說了一句送我去醫院，然後就昏了過去。

醒來時，羅茜男已經身在醫院。羅由豪坐在病床邊，神色焦急地看著她。

看到她睜開眼睛，羅由豪急忙問道：「茜男，究竟是怎麼回事啊，你不是去見那個李廣武的嗎？怎麼會鬧到要來醫院洗胃的地步啊？是不是那個李廣武給你下了毒啊？」

羅茜男只覺得頭疼得要死，白了羅由豪一眼，說：「好了爸爸，你別嚷嚷了行嗎？我的頭都要裂開了。」

羅由豪歉意的笑了一下，嗓門放小說：「好好，我不嚷嚷就是了。你告訴我，這件事是不是李廣武做的？」

羅茜男點了一下頭，說：「就是他做的。」

羅由豪聽了，憤怒地罵道：「這傢伙膽肥啦，我馬上找人去砍了他。」

羅茜男也火了，衝著羅由豪道：「夠了，你成天就只會砍砍殺殺的，能不能有點別的招數啊？你以為我們豪天集團是什麼？我們是一家正規的企業，不是黑社會。」

說到這裏，羅茜男想到她為了把豪天集團拉上正軌所付出的那些心血，又想到她為了豪天集團能夠發展壯大所受的委屈，今天還差一點被李廣武給欺負，而她的父親除了打打殺殺之外，幾乎不能對她有任何的幫助，心中就格外的感到悲傷，忍不住失聲痛哭了起來。

羅由豪看到女兒哭得這麼厲害，徹底慌了神。

羅茜男被送進醫院洗胃時他還沒這麼慌，只因女兒在他面前幾乎從來沒有哭過，現在卻情緒崩潰地大哭，於是他趕忙陪笑著說：「茜男，是爸爸不好，爸爸不去砍那個混蛋了，一切你說怎麼辦就怎麼辦，好不好？」

這時，睢才燾走進了病房，表現出很焦急擔心的樣子說：「茜男，你沒出什麼事吧？沒想到李廣武那個混蛋居然敢這麼對你，你等著，我絕饒不了他！」

羅茜男止住了哭聲，直直的看著睢才燾。剛才她忙著自救，來不及多想，睢才燾的到來提醒了她，睢才燾在這件事情中所扮演的角色，不得不令人感到蹊蹺。

睢才燾怎麼會那麼恰好在李廣武約她的時候要去帶母親看病？好，就算是他帶母親看病是事實，那李廣武又是怎麼知道只有她一個人去酒店的呢？如果不是事先就知道她是單獨去酒店的話，李廣武根本就不可能事先把毒品

準備好啊。

羅茜男心涼了半截，照她的推測，睢才燾事先一定知道李廣武約她見面想要幹什麼，所以才找藉口故意避開的。

她冷冷地看著睢才燾說：「你真的不知道李廣武會這麼對我？」

睢才燾被羅茜男看得心裏直發虛，他哪裡敢承認事先就知道李廣武的居心，只能強作鎮定地說：「茜男，你這麼說是什麼意思啊，我是你男朋友耶，難道我會故意害你嗎？」

羅由豪看著兩人不自然的對話，不禁說道：「茜男，你把話說明了吧，是不是這小子跟李廣武串通好了害你的？如果是的話，我不會輕饒他的。」

看到睢才燾的表情，羅茜男就知道這是八九不離十了，即使睢才燾不是事先跟李廣武串通好的，起碼睢才燾對此是知情的，這個混蛋簡直不是個男人，別人都要欺辱他的女朋友了，他還能裝作沒事人一樣。

還是李廣武私下給睢才燾許諾了什麼好處，收買了睢才燾？真是那樣的話，這個睢才燾就更可惡了。

雖然認定睢才燾是主謀之一，不過要怎麼解決這件事，羅茜男心中還沒有一個好的思路，她的腦子現在亂成一團。好在睢才燾的資金還在豪天集團手中掌控著，她不擔心睢才燾會跑掉。

羅茜男決定暫緩處理這件事，等她的身體恢復了再來解決也不遲，就揮揮手說道：「好了好了，我的頭疼得要死，你們倆都先回去吧，有什麼事等我好一點再說。」

睢才燾見羅茜男並不相信他，慌張地辯解道：「茜男，你要相信我啊，我發誓我真的一點都不知情。」

「好了，」羅茜男煩躁的說：「我說了，你先回去，這件事等我好一點再說，行嗎。」

睢才燾只好訕訕地離開了。

羅由豪卻忍不住看了羅茜男一眼，說：「茜男，這個……」

羅茜男打斷了羅由豪的話，說：「你先回去吧。」

羅由豪這時候也不敢惹怒羅茜男，就點點頭說：「好，我先回去，你好好休息吧。」

羅由豪準備離開病房時，羅茜男在後面說道：「爸，你回去後，找人給我盯著睢才燾，別讓他對我們豪天集團有什麼不利的行動。」

羅由豪知道羅茜男對睢才燾已經起了疑心，就說道：「行，我會安排人看緊了他的，他如果真的敢對你和豪天集團有什麼不利的舉動，我一定要了他的小命。」

羅由豪就離開了，留下女保鑣陪著羅茜男。

羅茜男靜靜的躺在病床上，一直沒有睡著。她想著今天的事情發生後將會產生的效應。首先最關鍵的，就是李廣武會做出什麼反應呢？

李廣武為了安排今天的事，費了不少的心思，最終卻沒能如願，這個混蛋一定會惱羞成怒，想辦法報復她和豪天集團的。最直接有效的報復，就是讓豪天集團拿不到那兩塊地。

她費盡了心血，沒想到眼見這兩塊地就要到手之際，卻還是與之失之交臂，羅茜男不禁又罵了句娘。

接下來就是睢才燾的反應了，睢才燾心裏有數，知道她曉得了他跟李廣武相互勾結的事，再加上那兩塊地很可能沒望了，睢才燾一定會想辦法把資金從豪天集團中抽走。接下來的，就是她要怎麼回應的問題了。

這讓她面臨了艱難的抉擇。如果她還想要拿到地的話，就必須要忘掉尊嚴，接受李廣武的潛規則。如果為了發展豪天集團，她應該這麼做。

如果她不接受李廣武的潛規則的話，豪天集團將會遇到強勁的對手，李廣武勢必會想盡千方百計來跟她和豪天集團作對。

那樣，等於豪天集團跨足房地產業的工程還沒開始，就會遇到李廣武這樣一個重量級的敵人；如果再去掉睢才燾的資金支持，這個美好的計劃除了胎死腹中，不會有別的下場了。

第二天一早，羅由豪和睢才燾相偕來醫院看望羅茜男。

經過一夜的休息，羅茜男基本恢復得差不多了，只是神情上略顯疲憊。看到睢才燾，她微微地笑了一下，說：「才燾，讓你替我擔心了。」

睢才燾本來有些緊張，聽羅茜男這麼說似乎沒有要怪罪他的意思，就笑了笑說：「我沒什麼的，只要你沒事就好。」

羅由豪不滿地叫道：「茜男，你怎麼就這麼放過了這小子啊……」

羅茜男瞪了羅由豪一眼，說：「爸，你瞎說什麼啊，我有什麼不能放過才燾的，他也沒做錯什麼。好了，你就別管我的事了，我身體已經沒大礙了，你去幫我辦出院手續吧。」

羅由豪還想說什麼，卻被羅茜男用眼神瞪了回去，只好很不高興的去幫羅茜男辦理出院手續去了。

睢才燾看了一眼羅茜男，問道：「茜男，接下來我們要怎麼辦啊？你要怎麼去應付李廣武啊？」

羅茜男苦笑了一下，說：「我還能怎麼辦啊？自古民不與官鬥，好在我也沒吃什麼虧，這件事情就這麼算了吧。」

「就這麼算了？」

睢才燾愣了一下，他沒想到羅茜男會是這樣一個態度，義憤填膺地說：「那豈不是太便宜李廣武那個混蛋了，不行，不能就這麼算了。」

羅茜男無奈地看了睢才燾一眼，說：「才燾，不這麼算了的話，還能怎麼辦啊？現在已經不是你父親還在做嘉江省省委書記的時候了，我們沒有能力去跟李廣武這種高官鬥的。」

睢才燾恨恨地說：「李廣武就是看穿了這一點，所以才敢這麼欺負我們的。哼！以後別讓我逮到機會，否則我一定整死這傢伙。」

羅茜男苦笑了一下，說：「算了吧才燾，這次我被李廣武擺了這麼一道，我心裏也很憤怒，但是我更知道我們是沒有能力去對抗李廣武這種人的。正所謂形勢比人強，也只能把這口氣咽下去了。」

睢才燾問：「茜男，現在顯然那兩塊地是拿不到了，那豪天集團下一步要做什麼啊？」

睢才熹最關心的，就是他注入的資金能不能全身而退，於是試探地想找機會把資金先抽出來再說。

羅茜男卻沒有給他開口的機會，笑了笑說：「才熹，那兩塊地拿不到，我們豪天集團還可以發展別的項目，所以你不用擔心，等我身體完全恢復了，我會幫豪天集團尋找新的機會的。」

這時，羅由豪辦完出院手續回來了，羅茜男便說：「我們快離開這裏吧，醫院的消毒水味道真讓我噁心。」

羅茜男就出院回了家，睢才熹這個男朋友也不好馬上就離開，顧不得對他瞧不順眼的羅由豪，跟著羅茜男去了羅家。

回家之後，羅茜男去臥室躺了下來，說她有些累了，要睡一會兒，讓睢才熹先回去。

睢才熹還想裝好人，說：「反正我也沒什麼事，就留在這裏陪你吧。」

「不用了，我睡一下就好了，你還是回去陪你母親吧，她不是犯了心絞痛，生病了嗎？」羅茜男有些諷刺地說。

睢才熹留在羅家也感到很彆扭，羅由豪看他就像看仇人一樣，看得他渾身不自在，就笑了一下說：「那我就先回去了，等你睡醒了，別忘了給我電話。」

羅茜男點點頭，說：「好的。」

睢才燾離開羅家後，羅由豪看著睢才燾的背影，吐了一口唾沫，很是不滿的說：「茜男啊，我真不知道你是中了什麼邪了，這小子擺明是在騙你的，你怎麼就看不出來呢？」

羅茜男白了羅由豪一眼，說：「你怎麼知道我沒看出來啊？」

羅由豪不解地說：「你既然看出來了，怎麼還對這小子這麼客氣啊？」

「我那是不想打草驚蛇，」羅茜男從床上坐了起來，看著羅由豪說：「爸，你去把陸豐陸叔叔找來，我有話要問他。」

此刻的羅茜男一點虛弱的樣子都沒有，又恢復到羅由豪以前熟悉的那個幹練的樣子，他馬上就明白是怎麼回事了，笑說：「原來你是演戲給那個小子看的。」

羅茜男確實是在演戲給睢才燾看，這是因為她暫時還不想跟睢才燾翻臉。羅茜男首要之務是怎麼報復李廣武。李廣武位高權重，如果不能拿出一個好辦法來對付他，最後吃虧的還是豪天集團，因此羅茜男不想在對付李廣武之前，先亂了自家的陣腳。

權衡利弊之後，羅茜男決定先穩住睢才燾，穩住睢才燾，就能把睢才燾的資金穩住在豪天集團裏，這能讓她多一份對付李廣武的力量。等她收拾了李廣武，沒有後顧之憂了，就能騰出手來收拾睢才燾了。

陸豐很快來到羅家，看到羅茜男，立即關心地問道：「茜男，你沒受什麼傷害吧？」

羅茜男笑笑說：「我還好，陸叔。前些日子我讓你查李廣武的底，你查得如何了？」

陸豐抱歉地說：「不好意思啊，茜男，我是查到一些李廣武跟女人有不正當關係的事，不過卻沒有拿到直接能夠扳倒這個混蛋的證據。」

羅茜男難免有些失望，不過，她也知道在這麼短的時間內想要弄到對付李廣武致命的把柄，可能性並不大。畢竟李廣武是個高級官員，想要全面掌握他的行動，不是件容易的事。

羅茜男就說：「陸叔，您不用不好意思，您查這件事的時間還很短，查不到什麼也很正常的。」

陸豐自責地說：「總之是我無能了。還有啊，茜男，有件事本來我注意到了，但是沒引起我的重視，就沒跟你講，要是我跟你講了，可能你就不會遭到李廣武的暗算了。」

羅茜男問道：「是什麼事啊？」

陸豐說：「是這樣的，我派去盯梢李廣武的人告訴我，雎才燾前天去市政府見過李廣武，他們兩個在辦公室裏談了很久，現在回想起來，這兩個人一定就是在商量怎麼害你的。我如果早跟你說了這件事，你就不至於上李廣武的當了。」

陸豐的話正好印證了一點，那就是雎才燾的確是事先跟李廣武勾結好的。羅茜男心中暗罵了一句，不過此刻不是追究雎才燾的時候，就說：「陸叔，這件事我心中有數了，眼下還請你暫時保密。」

陸豐詫異地說：「茜男，你不收拾雎才燾這個混蛋嗎？」

羅茜男說：「現在還不到收拾他的時候。陸叔，你要繼續給我盯緊李廣武，特別要注意他有沒有跟一些地產商密切接觸；只要有接觸，就想辦法把接觸的經過給我拍下來。」

照羅茜男的推測，她跟李廣武翻臉後，李廣武一定會為那兩塊地尋找新的買家，只要陸豐抓到這一點，她就可以要李廣武好看。

陸豐點點頭說：「好的，茜男，我這次一定會盯緊這混蛋的。」

羅茜男說：「行，那這件事就麻煩你了，有什麼發現隨時通知我。」

陸豐就離開羅家，安排人盯緊李廣武去了。

羅由豪忍不住說：「茜男，李廣武畢竟是副省級的幹部，輕微的錯誤是很難扳倒他的。」

羅茜男無奈地說：「爸，這我也知道，不過，眼下我也想不出什麼更好的辦法來對付李廣武了。」

「唉，」羅由豪嘆了口氣，說：「你這孩子啊，當初我就勸你不要跟傅華作對，不要跟睢才燾走得這麼近，你就是不聽我的。」

羅茜男沒好氣地說：「爸，你這時候還說這些幹什麼啊，有用嗎?!」

說到這裏，羅茜男不禁想到她和傅華初次見面，是因為傅華在她面前羞辱睢才燾，覺得沒面子，所以才對傅華有了看法的。也正是因為這個，才引發後續一連串事件，她報復傅華，傅華反過來捉弄她，搞得她惱羞成怒，非要跟傅華見個真章不可，於是演變出爭奪這兩個項目的鬧劇。

現在仔細回想起來，兩人不過是為了一時意氣互鬥而已，彼此間並沒有勢不兩立的仇恨，真正勢不兩立的其實是睢家父子和傅華，她跟他根本沒必要鬧到像仇人一樣的地步。

想到這裏，羅茜男忽然靈機一動，傅華和雎才燾、李廣武是敵人關係，正所謂敵人的敵人就是朋友，也許她可以借助傅華的力量去對付李廣武和雎才燾這兩個混蛋。

傅華的陣營也是一股不可忽視的強大勢力，楊志欣、胡瑜非、劉爺，隨便拿個人出來，都是可以跟李廣武、雎才燾叫板的，如果豪天集團跟他們結盟的話，未嘗不能收拾李廣武和雎才燾。

羅茜男就看了看羅由豪，問道：「爸，你的建議還真有用，你能不能安排我跟傅華私下見見面啊？」

羅由豪想了想說：「安排倒是能夠安排，只是我現在去找他有些不好意思，你當初在道上放話不讓人動李廣武，讓我有點對不起劉爺他們。」

羅茜男催促說：「好了，你別不好意思了，我讓你安排我跟傅華見面，就是要對那件事做出補償的，所以你儘快去安排吧。」

羅由豪聽了說：「行，那我就給劉爺打個電話，讓他幫忙安排一下你跟傅華的見面。不過，我可先說好了，你是要去補償人家的，可不能再欺負他了。」

羅茜男哼了聲說：「爸爸，你是不是還沒搞清狀況啊，什麼叫我欺負他啊，一直都是他在占我便宜的。」

羅由豪笑了起來，說：「我可不這麼認為，你打得人家都要爬著逃跑了，怎麼還說是他占你便宜呢。」

羅茜男想起那次的情形也覺得好笑，就說：「行了爸爸，你別那麼多廢話了，趕緊去安排吧。」

海川市駐京辦。

傅華正在辦公室辦公，接到劉康打來的電話。

劉康說：「傅華，羅由豪跟我說，他女兒羅茜男想要跟你約個時間私下見見面。」

傅華愣了一下，他怎麼也想不到羅茜男居然會提出要跟他見面，這是怎麼一回事啊？睢才燾和羅茜男占盡了上風，這時候羅茜男要見他幹什麼，不會是想向他炫耀的吧？

傅華就說：「這女人為什麼要見我啊？」

劉康說：「羅由豪沒有明說，不過他跟我通電話的時候，一直跟我說對不起，似乎是想向你求和的。」

「求和？」傅華不相信地說：「這怎麼可能，他們現在正是順風順水的，怎麼會跟我求和呢？」

「很難說啊，形勢似乎發生了變化，」劉康說：「我聽到一個消息，說是羅茜男前幾天去見李廣武，不知道見面過程中發生了什麼事，當天羅茜男竟然被送進醫院。」

「哦？」傅華猜測說：「李廣武是個色鬼，也許是這個色鬼想打羅茜男的主意。這件事情有意思啊。行，我願意見她，您安排吧。」

於是傅華就和羅茜男約了見面時間。為了掩人耳目，地點選在一家郊外的休閒山莊裏。

傅華到的時候，羅茜男已經等在那裏了。

傅華看了一眼羅茜男，今天的羅茜男顯得比以往鋒芒畢露的時候柔弱了很多，神情間略顯疲憊，這讓她在傅華眼中多了幾分女人的味道。

傅華笑說：「羅小姐，你約我來，有什麼事情嗎？」

第五章

兩不相欠

羅茜男說：「我這是跟你討一筆以前的帳。
你別以為我跟你合作了，你侮辱我的那件事就會忘掉。
現在好了，我們兩不相欠，可以更好地進行合作了。」
傅華冒著冷汗說：
「你這個女人，還真是一點虧都不吃啊。」

羅茜男白了傅華一眼，她雖然打算向傅華求和，心中可沒忘記傅華羞辱過她的事，就說道：「我如果說今天約你來，是讓你看我的笑話來的，你是不是會很高興啊？」

羅茜男這麼說，越發印證了傅華的猜測，他相信羅茜男一定是吃了李廣武的虧了，他並不想幸災樂禍，就說：「我怎麼敢看你的笑話啊，我可沒忘記你的拳頭有多硬。」

羅茜男笑了起來，說：「算你聰明。如果你今天真的敢笑話我的話，我還是會讓你嘗嘗我拳頭的厲害的。」

羅茜男這麼一笑，兩人之間的氣氛就緩和了很多。

傅華不禁問說：「李廣武對你做了什麼嗎？」

羅茜男看了看傅華，說：「你對我的情況倒是很瞭解啊，你是不是在我身邊安排眼線了？」

傅華聽了說：「這麼說李廣武真的對你做了什麼了，你沒事吧？」

羅茜男哼了聲說：「李廣武那種三腳貓的把戲還不足以讓我有事的，他在我喝的水中下了毒，想要強暴我，結果被我發現，我讓他嘗了一記上勾拳，然後就跑了出來。」

弄清楚李廣武和羅茜男發生了什麼事之後，傅華想知道睢才燾在這件事情中所扮演的角色，就問道：「你跟我見面，睢才燾知道嗎？」

羅茜男搖搖頭，說：「他不知道，我也希望你對今天的見面能夠保密，我不想讓睢才燾知道我們見過面，這個混蛋居然和李廣武串通一氣，幫著李廣武算計我。」

沒想到睢才燾居然無恥到這種地步，居然把自己的女朋友出賣給李廣武這樣一個老色鬼。傅華咋舌道：「攤上這麼一個男朋友，你也算是夠倒楣的了。好吧，說吧，你想讓我幫你做什麼？」

羅茜男瞪了傅華一眼，說：「你搞清楚，我今天找你來，是想對我之前對你做的一些事做出補償，可不是要讓你幫我做些什麼的。」

傅華失笑說：「好吧，那你說要怎麼補償我吧。」

羅茜男正色說：「如果我能夠將李廣武扳倒的話，你能不能將那兩塊地重新拿回去呢？」

傅華怔了一下，如果羅茜男真的能將李廣武給扳倒的話，這對他來說還真是一個相當大的補償，只要運作得當，將這兩個項目再拿回來並不是不可能的。

傅華看著羅茜男，問道：「你真的能夠扳倒李廣武嗎？」

羅茜男不耐煩地說：「你一個大男人怎麼這麼多廢話啊？我如果做不到的話，又怎麼會說拿這個補償你呢？」

傅華聽了說：「行，我不講廢話了。這樣說吧，你如果真能扳倒李廣武，我可以通過運作爭取將那兩個項目給拿回來，不過只是爭取，不敢說打包票。」

羅茜男滿意地說：「這種事沒有人能夠有把握一定做到的，你如果打包票的話，我還不一定相信你呢。」

天下沒有白吃的午餐，傅華知道今天羅茜男找上門來，一定有她的目的，就說：「那你想從我這裏得到什麼？你可不要告訴我你費了這麼大的勁，就是為了專門補償我的。」

羅茜男笑笑說：「如果我說是呢？我就是因為覺得之前做的一些事情對不起你，所以想要給你補償，難道不可以啊？」

傅華忍不住說：「羅茜男，你是不是也太低估我的智商了？我勸你還是坦誠一點好，如果到這個時候你還對我藏著掖著，那我們這筆交易趁早拉倒，因為你還沒有這麼偉大。」

羅茜男笑說：「傅華，你還真是瞭解我。好，我就直說了，我要的很簡單，為了得到這兩個項目，我費了不少的心思，自然不想放棄，所以如果項目你拿得回來的話，豪天集團想要從中分一杯羹，可以嗎？」

羅茜男這個說法，傅華是相信的，便說：「我不反對豪天集團加入，這兩個項目本就需要很多的人力物力才能發展起來，我當初就有尋找合作夥伴的想法。不過先說好了，只是分一杯羹，你可別連鍋都給端走啊。」

羅茜男保證說：「絕對不會的，豪天集團有多大的實力我很清楚，我可不想貪心不足，把自己給撐死了。」

傅華伸出手來，說：「那我們成交了。」

羅茜男也握住了傅華的手，笑說：「成交。」

傅華正想把手抽出來時，沒想到羅茜男的手突然一緊，握住了傅華的手就不放開。

傅華的臉色變了，羅茜男又想幹什麼啊？難道剛才的友好態度都是假裝的嗎？他驚問道：「誒，羅茜男，你想幹什麼？」

傅華的話還沒說完，就看到羅茜男另一隻手握成拳頭狠狠地搗在他的小腹上，他頓時感覺小腹一陣巨疼，疼得他眉毛鼻子都抽緊在一起了。

羅茜男這時才說：「我這是跟你討一筆以前的帳。你別以為我跟你合作了，你侮辱我的那件事我就會忘掉，這一拳算是你欠我的，現在好了，我們兩不相欠，可以更好地進行合作了。」

傅華冒著冷汗，苦笑說：「你這個女人，還真是一點虧都不吃啊。」

羅茜男得意地說：「能找補回來的，為什麼要吃虧啊？好了，我要趕緊回去了，我離開公司太久的話，睢才燾會生疑心的。我現在還沒想好要怎麼收拾他，所以暫時還需要穩住他。」

傅華說：「那行，我們就此分手吧，以後有什麼事情電話聯繫。」

羅茜男就先行離開了。

為了不讓人看到他們一起出現，傅華等羅茜男走遠了，才發動車子離開休閒山莊。他沒有回駐京辦，而是去了胡瑜非家。

現在事態出現了很大的變化，不再是他要跟睢才燾爭奪這兩個項目的土地，而是李廣武跟羅茜男徹底撕破臉，這對他和熙海投資來說是一個機會，他要跟胡瑜非商量一下，看看究竟能不能通過楊志欣將項目拿回來。

胡瑜非聽傅華講了跟羅茜男談話的內容，略微沉吟了一下，然後說：

「這是李廣武自己找死，可怪不得我們。李廣武如果真的出事的話，我們就有機會推翻國土局那份收回土地的決定了。這樣吧，傅華，回頭我跟志欣通個氣，讓他關心一下這件事，只要李廣武一出事，就讓他跟有關方面打招呼，幫你把項目給拿回來。」

有了胡瑜非這句話，傅華就知道有機會拿回項目了，就笑笑說：「那我先謝謝胡叔了。」

胡瑜非說：「謝我幹什麼，這是你的運氣來了，我只是幫你順勢而為罷了。不過，有一點你要記住，李廣武這件事你不要隨便插手，現在很多人都知道你、我和志欣是一路的，如果在李廣武出事前你就插手的話，很容易會讓人認為是志欣在整李廣武。志欣現在剛當上副總理，可不想給人造成這樣的印象。」

傅華說：「這我知道，我也沒說要幫羅茜男整倒李廣武的。」

胡瑜非說：「反正這個分寸你要拿捏好。」

從胡瑜非家出來，傅華就打電話給高芸。

和穹集團也在爭取拿下那兩個項目的土地，傅華擔心高芸會對李廣武進行一些公關活動，如果被羅茜男抓到把柄，不但李廣武要倒楣，和穹集團也脫不了干係，他不想因此害到朋友，因此就想跟高芸瞭解一下和穹集團的進展情況。

高芸接了電話，高興地說：「傅華，找我有什麼事啊？」

傅華說：「沒什麼特別的事，就是想問問你們和穹集團拿那兩塊地的事有沒有什麼進展？」

高芸聽了說：「你還是對這件事很介意，是吧？」

傅華說：「沒有，我介意什麼，反正這兩塊地也沒我什麼事了，能被和穹集團拿去，也好過便宜別人，是吧？」

高芸反問道：「既然你不介意，還來問這件事情幹什麼啊？」

傅華笑笑說：「我就是想問問你們和穹集團有沒有機會拿到這兩塊地而已。」

高芸說：「肯定沒機會的，因為我們根本就沒有報名參與競拍。」

傅華愣了一下，說：「怎麼了，你原來不是說想要拿下這兩塊地的嗎，為什麼沒報名啊？」

高芸嘆說：「本來是想爭取的，但是後來看看參與競拍的都是一些實力強大的公司，和穹集團想要拿到地的話，恐怕要付出很高的代價才行；再說，這兩塊地本來是屬於你那個熙海投資的，雖然你說不介意，但是恐怕當我們真的拿到地的話，你的心裏肯定會不舒服的。」

傅華趕忙說：「我沒那麼小氣好不好？」

高芸說：「我知道你不會怪我們的，不過心裏總是會有根刺。我爸就說，既然拿這兩塊地代價高，又得罪朋友，這種事還是不做的好，所以思量再三，和穹集團還是決定放棄了。」

傅華心裏鬆了口氣，這樣就不用擔心會傷害到和穹集團了。他笑笑說：「你們放棄了也好，起碼避免捲入到一些不必要的麻煩中。」

高芸點點頭說：「是啊，這次的競爭真是很激烈，就我所知，除了豪天集團外，還有兩家央企和三家北京當地的地產商加入搶奪這塊肥肉的大戰中，他們都是規模很大、實力雄厚的企業，和穹集團跟他們相比，並沒有太大的勝算。」

羅茜男跟傅華分手後，就回到豪天集團。

跟傅華達成合作的初步協議，讓豪天集團又有了能夠參與這兩塊地開發的機會，現在的關鍵是，要怎麼把李廣武這個混蛋給扳倒。

雖然羅茜男相信李廣武身上肯定有很多漏洞可以抓，但是目前她沒有能夠掌握到這方面充足的證據，要怎麼去找到證據，還真是需要費上一番思量。

羅茜男在辦公室想了一會兒，也沒想出什麼好辦法來，看來只有讓陸豐死盯的笨辦法了。

這時，羅茜男桌上的電話響了起來，看看是保安部的號碼，大概是陸豐有什麼情況要跟她彙報了，就拿起電話問道：「陸叔，有什麼新發現嗎？」

陸豐說：「我安排盯著李廣武的人跟我說，他看到睢才燾去了李廣武的辦公室，我想跟你說一聲，好讓你有個防備，別再讓這兩個壞蛋給算計了。」

羅茜男冷笑一聲說：「我已經吃過一次虧了，這兩個傢伙想再算計我可不是那麼容易了。陸叔，我心中有數了，你繼續給我盯緊他們。」

結束通話後，羅茜男心中不禁琢磨起睢才燾跑去找李廣武是什麼意圖，睢才燾一定是去跟李廣武商量怎麼對付她的。看來睢才燾也不是那麼笨，雖然她做出了一些偽裝，想儘量穩住睢才燾，但是睢才燾還是感受到了某種危機，所以才會去找李廣武商量怎麼對付她的。

羅茜男就拿出手機，撥通了睢才燾的手機，她想看看此刻身在李廣武辦公室的睢才燾會怎麼回答她。

睢才燾確實是在李廣武的辦公室，兩人正在談羅茜男對差一點被李廣武羞辱的反應，這時，睢才燾見手機響了起來，一看是羅茜男的號碼，臉色為之大變，看著李廣武說道：「是羅茜男的電話，她不會知道我在您這裏吧？」

李廣武白了睢才燾一眼，說：「你當她有千里眼啊？趕緊接吧，她應該是湊巧找你有事罷了。」

睢才燾接通了電話，羅茜男說：「沒在公司看到你，你去哪裡了？」

睢才燾撒謊說：「我出來買點東西。」

羅茜男裝作體貼地說：「那行，你在外面忙吧。」就掛了電話。

睢才燾把手機收了起來，然後對李廣武說：「羅茜男在公司沒看到我，打電話來問我在哪兒。」

李廣武笑說：「看不出來，她還挺關心你的嘛。」

睢才燾不屑地說：「她這是裝給我看的，她可能早就懷疑我那天是故意不來的。我猜她是擔心如果跟我翻臉的話，我會將資金抽走，所以才不得不敷衍我。」

李廣武對羅茜男要怎麼對待睢才熹並不感興趣，他關心的是羅茜男下一步會怎麼對待他，他心虛的看著睢才熹說：「才熹，羅茜男真的說了她不追究我了嗎？」

睢才熹點點頭說：「是啊。您放心，她也沒辦法追究的，一來她拿不出什麼證據來，二來，事情鬧大的話，丟人的是她，她不追究是很明智的做法。」

李廣武微微搖了搖頭，心知事情沒這麼簡單，沒想到這一搖頭，他的腦殼就開始生疼起來。這都是羅茜男那記勾拳讓他摔倒造成的，他的腦袋在地上重重的磕了一下，讓他出現腦震盪的症狀，一搖動，腦袋就疼。

這也讓李廣武領教到羅茜男的心狠手辣，在擊打他的那一刻，羅茜男絲毫沒有猶豫和遲疑，果斷的一拳揮出，讓他完全沒有反應的空間。

也正是因為這樣，他才沒能夠及時控制住羅茜男，讓羅茜男逃走，造成現在這種被動的局面。

李廣武很難相信這樣一個精明果斷、心狠手辣的女人，吃那麼大虧卻不作聲?!

看李廣武眉頭皺著，一副痛苦的樣子，雎才燾暗自心驚，羅茜男在中了毒、身體虛弱的情況下，還能對李廣武造成這麼大的傷害。如果是平時，還不知道會把李廣武傷成什麼樣呢。他想到了自己，越發擔心一旦羅茜男要跟他決裂的話，他不知道會遭到羅茜男怎樣的狠辣對待呢。

雎才燾心中暗罵李廣武成事不足敗事有餘，設局也不弄得完美一點，搞得現在這麼多麻煩。

雎才燾很清楚他和羅茜男之間的和平持續不了多長時間，他今天跑來找李廣武，就是想要李廣武幫他向豪天集團施壓，讓豪天集團把他的資金給吐出來。

雎才燾說：「李叔叔，羅茜男肯定不敢對您怎麼樣的，您可是北京的副市長，豪天集團一家小小的企業，還沒有能力跟您對抗的；但是他們對我可就很難說了，一旦羅茜男知道了真相，她一定不會放過我的。您能不能幫我向他們施加一下壓力，讓豪天集團將我的資金還給我，我想趕緊遠離這個是非圈。」

在這個時間點上，李廣武並不想去招惹羅茜男，他擔心逼得羅茜男太狠了，羅茜男還不知道會做出什麼激烈的舉動來，就想把雎才燾先給敷衍過去再說。

這時，睢才韜的手機再度響了起來，還是羅茜男打來的，他很快接通了，說：「茜男，又有什麼事啊？」

羅茜男說：「才韜，我突然想起一件事，我記得你告訴過我，李廣武曾和某某生了一個孩子，當時是你父親幫忙擺平的，你父親沒有給你留下什麼證據嗎？如果有的話就好了。」

這件事確實是睢才韜告訴羅茜男的，當時兩人純粹是閒聊，剛好講到睢心雄為什麼能夠掌控李廣武，睢才韜就順口講了李廣武跟某某一線影星的那段情愛糾葛。

因為是羅茜男打來的電話，李廣武正在旁邊豎著耳朵專心聽著，羅茜男的話一字不落的全被他聽到了。李廣武的臉色當即難看了起來，他沒想到睢才韜會把他的這段醜事講給羅茜男聽，看來睢才韜私底下沒少傳播他的醜事。

睢才韜也沒想到羅茜男突然會說起這件事來，不由得慌了，急忙說：

「茜男，你怎麼突然想起來問這件事啊？我那時不過是隨口說說而已，哪有什麼證據。」

令睢才熹難堪的是，羅茜男卻並沒有就此打住，反而繼續說道：「才熹，你怎麼還問我為什麼突然問起這件事情來，不是你說要想辦法收拾李廣武的嗎？把他和某某的這段醜事給揭露出來，正是收拾這個混蛋的好辦法啊。」

聽到這裡，李廣武的臉色已經鐵青了，原來睢才熹在背地裏竟存著要收拾他的心思，還敢跟他玩兩面三刀的把戲！

最令他感到危險的是，睢才熹手中很可能握有能夠威脅到他的證據，幸好羅茜男打來的這個電話洩了睢才熹的底，不然他被睢才熹賣了還被蒙在鼓裡呢。

李廣武眼睛瞪圓了，狠狠地盯著睢才熹，一副想要活剝了睢才熹的意思。

睢才熹被李廣武盯得後背直發冷，他知道羅茜男講這些事，是故意要讓李廣武對他產生疑心，挑起兩人的心結，李廣武是現在僅存勉強還能幫他的人，他可不想失去李廣武對他的信任，必須要儘快跟李廣武作出解釋才行，就趕忙說了句：「茜男，我這邊有事要處理，這件事等回去我們再來商量吧。」

他說完，不等羅茜男的回話，就把電話給掛了，然後看著李廣武說：

「李叔叔，你聽我解釋……」

「你還有什麼好解釋的，」李廣武惱火地道：「你不是要收拾我嗎，來吧，我在這裏等著呢。」

雎才燾辯解說：「李叔叔，你相信我，我絕對沒有這個意思。我之所以那麼說，不過是敷衍羅茜男罷了，絕對沒有要對付你的意思。」

李廣武冷冷的看了雎才燾一眼，說：「你敷衍她？敷衍她需要講出我和某某的事嗎？」

和某某的那段糾葛對李廣武來說，是一個最不願意被觸及的傷疤，那件醜聞搞得他狼狽不堪，差點搭上正在看好的仕途，也因此他對雎心雄幫他解決這件事十分感激；但是這並不意味著雎才燾可以隨便把這件事告訴別人，特別是告訴現在是他仇人的羅茜男，這等於是背叛的行為。

李廣武放狠話說：「雎才燾，我警告你，羅茜男最好不要搞什麼花樣，否則，我一定會對你不客氣的。」

雎才燾苦笑說：「李叔叔，我都跟您說了，我沒那個意思的。」

李廣武瞅了雎才燾一眼，說：「別在我面前裝好人了，你如果沒這個意思的話，就不會在羅茜男面前瞎咧咧了。睢才熹，我再次警告你啊，我不想聽到再有人議論我和某某的事，如果被我知道你再跟別人瞎傳的話，別說我不念舊情。好了，現在你可以走了。」

睢才熹急急辯白道：「李叔叔，您別這樣啊，我真的沒想過要拿這件事針對你的。」

李廣武毫不留情地說：「我說了，你可以走了，你可別等我叫保安來。」

睢才熹心裏這個氣啊，他沒想到這個曾經在他父親面前搖尾乞憐的傢伙，現在居然翻臉不認人，用這種蔑視的口吻對他說話；然而沒有了他父親的支撐，他是不敢去跟李廣武鬥的，因此睢才熹只好恨恨地看了一眼李廣武，連句狠話都沒敢說，就轉身離開了李廣武的辦公室。

離開李廣武辦公室的睢才熹心情十分沮喪，他本來是想讓李廣武幫他把資金從豪天集團抽出來的，沒想到最後是這樣一個結果。睢才熹知道他算是把李廣武給徹底得罪了，現在他只能儘量維持跟羅茜男之間的關係，以免羅茜男跟他翻臉。

睢才燾在鬱悶中回到豪天集團，剛在辦公室裏坐下來，桌上的電話就響了起來，不用說，肯定是羅茜男知道他回來才打來的，睢才燾只好拿起電話。

羅茜男的聲音傳了過來，「才燾，你回來啦？」

睢才燾強笑了一下，說：「是的，我回來了。」

羅茜男說：「那你過來我這裏一下吧，我剛才跟你說的那件事，我們倆商量一下。」

李廣武的警告言猶在耳，睢才燾擔心會遭到李廣武的報復，就很不想跟羅茜男談這件事，說道：「茜男，這件事我們是不是再考慮一下啊，你不是說不想再去跟李廣武鬥了嗎？」

羅茜男說：「鬥不鬥是另外一回事，我現在想要瞭解一下這件事的詳細情況，你過來吧，我們聊聊。」

睢才燾只好說：「行啊，我馬上就過去。」

睢才燾到了羅茜男的辦公室，羅茜男看到睢才燾一臉掩飾不住的沮喪，心裏暗自好笑，知道她的話肯定讓李廣武對睢才燾十分的惱火，看來睢才燾肯定被李廣武收拾了一番。

羅茜男在電話裏故意提到李廣武和某某的關係，是在她知道睢才燾跟李廣武見面才臨時靈機一動想到的主意，目的就是要挑起李廣武對睢才燾的不滿，讓這兩個狼狽為奸的混蛋反目，借機堵住睢才燾向李廣武求援的可能性，好去掉一個讓豪天集團不穩定的因素。

羅茜男假意問道：「才燾，你剛才出去買什麼東西啦？」

睢才燾這才想起剛才在李廣武那裏，他隨口編說為了買東西才出去的，這麼空著手回來，肯定是讓羅茜男生疑了，就笑了一下，說：「我媽讓我買點東西回去。誒，茜男，我想了一下，我們還是不要去碰李廣武和某某的這件事吧。」

羅茜男故作不解地說：「為什麼啊？」

睢才燾在來的路上想好了理由，說：「這件事當初是我父親出面幫他擺平的，我擔心把這件事情揭發出來的話，會牽連到我父親。」

羅茜男看了睢才燾一眼，從睢才燾有些畏縮的眼神中推測到，李廣武一定是給了睢才燾很嚴厲的警告，才會讓睢才燾退縮的。看來李廣武對這件事很緊張，羅茜男心裏一動，也許可以利用這件事打開扳倒李廣武的突破口。而且最好是能讓睢才燾出面，讓這兩個混蛋來一場狗咬狗的好戲。

羅茜男就說：「才熹，你要維護父親這我能理解，但是也沒必要幫李廣武掩飾啊，我們可以不要提你父親參與過這件事，這樣不就沒問題了嗎？」

雎才熹皺了一下眉頭，說：「不提我父親是可以，不過我分析過，這畢竟只是李廣武私德方面的缺失，並不能真的將李廣武一擊致命，反而會激怒李廣武，到時候李廣武對豪天集團採取報復措施恐怕就不好了。」

羅茜男心裏越發覺得雎才熹猥瑣不堪了，心說雎心雄怎麼會生出這樣一個不成器的兒子，被李廣武嚇唬幾句就怕成這個樣子。

你怕我可不怕，她笑了笑說：「李廣武這麼對我，我和豪天集團已經跟他勢不兩立，就算我不去對付他，他也不會放過我們的。」

雎才熹找不出理由反駁，便低聲嘟囔著說：「反正我覺得這件事就算揭發出來，也不能對李廣武怎麼樣的。」

羅茜男忍不住衝著雎才熹嚷道：「你不做，又怎麼知道不能對李廣武怎麼樣呢？你到底在怕什麼啊？你的女朋友被人家欺負成那個樣子，難道你就一點不想報復？」

雎才熹苦笑說：「茜男，你別生氣，重點是這麼做沒有用的。」

「沒用沒用！」羅茜男叫道：「我看你才是沒用的，這件事你不想做行啊，不然，你把李廣武和某某生的那個孩子在什麼地方告訴我，我自己來查好了。」

羅茜男把話都說到這個份上了，雎才燾沒辦法再推搪，心想羅茜男既然知道了李廣武和某某的這層關係，想查到兩人生的孩子在什麼地方，並不是什麼難事；加上雎才燾對李廣武也是一肚子氣，既然羅茜男非要逼著他交代出那個孩子在什麼地方，乾脆就告訴你好了，讓你們兩個去鬥吧。

雎才燾莫可奈何地說：「好，我告訴你就是了。那個孩子被某某放在她父母那裏撫養，對外宣稱是她的弟弟。」

羅茜男笑說：「行，我這就派人去找這個某某的弟弟好了。」

海川市駐京辦。

臨近下班的時候，傅華正收拾好東西準備離開時，有人敲他辦公室的門，一個三十歲左右的女人推門走了進來。

傅華並不認識這個女人，就問道：「請問你來我們駐京辦有何貴幹？」

女人無禮的掃了傅華一眼，說：「你們海川市來北京的市領導，是不是都住你們這兒啊？」

傅華聽這女人直接問海川市市領導，擔心她是某個來京領導的親屬，因此雖然不滿這女人傲慢的態度，但還是老實的回答說：「一般情況下是這樣的，請問你要找誰嗎？」

女人質問說：「那你告訴我，姓曲的老女人住在幾號房間？」

姓曲的老女人？傅華愣了一下，一時間他並沒有聯想到姓曲的老女人指的是曲志霞，就說道：「對不起，我不知道你在說什麼，我們馬上就要下班了，請你離開。」

「你不知道我在說什麼？」女人橫了傅華一眼，說：「難道曲志霞那老女人不是你們的副市長嗎？」

原來女人說的老女人居然是指曲志霞，這讓傅華又重新看了一眼這個女人，這個女人敢這麼稱呼曲志霞，應該是個有來頭的人。

傅華回說：「曲志霞確實是我們的副市長，請問你是哪位？」

女人氣哼哼地說：「我是她的師妹，你讓那個老女人出來見我。別以為她和吳傾兩個偷溜出去私會，我就找不到他們了。」

傅華不由得一陣錯愕，這個女人看樣子來者不善，似乎是來找麻煩的，還說曲志霞偷溜出去跟吳傾私會，裏面似乎有不太適合他這個駐京辦主任知道的一些私事。

傅華不敢將這女人趕走，擔心激怒了這個女人，會把事情鬧得更大，那樣會更讓曲志霞下不來台，就安撫說：「原來你是曲副市長的師妹啊，請坐下來等一會兒，我馬上就跟曲副市長聯繫。」

女人就自顧地去沙發上坐了下來，傅華撥通了曲志霞的手機。曲志霞很快就接通了。

曲志霞語調愉快地說：「傅主任，找我有什麼事嗎？」

傅華心想曲志霞還真是可能在跟吳傾幽會呢，難怪會有師妹找上門來；看來她還真是被吳傾迷住了，居然荒唐到在上課時間跑出來幽會的地步。

傅華說：「是這樣子的，曲副市長，駐京辦這邊有一個自稱是您師妹的女人找您，您看您是不是回來處理一下？」

「什麼？」曲志霞驚叫了一聲，說：「田芝蕾跑去駐京辦了？」

傅華說：「是啊，不過，她叫不叫田芝蕾我就不知道了，她只自稱是您的師妹，並沒有報上姓名。」

田志霞說：「一定是她，她說什麼了沒有？」

傅華心說：我能告訴你她說你和吳傾偷溜出來私會嗎，還是能告訴你她稱呼你為老女人？這些話傅華都不方便說，只好說道：「您趕緊回來吧，那個女人的態度很不友善。」

曲志霞聽了說：「行，我會儘快趕回去的。你先把她安撫住，千萬不要讓她在駐京辦四處亂說，知道嗎？」

傅華說：「我知道。」

放下電話後，曲志霞對身邊的吳傾說：「田芝蕾這個女人是不是瘋了，她居然跑去海川駐京辦。這都是你惹的麻煩。」

吳傾也很無奈地說：「我哪知道她會變成這個樣子啊。」

原來田芝蕾越來越表現出一種偏執的傾向，幾乎霸住吳傾，不讓曲志霞接觸吳傾。

面對田芝蕾的強勢，曲志霞只能接受，因為她顧忌自己的身分、形象，不敢把事情鬧開。吳傾則是對田芝蕾的變化感到恐懼，感覺田芝蕾似乎精神出現了異常，就更不敢跟田芝蕾提出分手，所以更貼近了曲志霞。

下午兩人好不容易逮到一個機會，就一起去找了家賓館開了房。沒想到還是被田芝蕾發現了，竟然追到駐京辦去了。

曲志霞匆忙的趕回駐京辦，傅華將她帶到田芝蕾面前就退了出去，他知道這兩個女人肯定有許多不能為外人道的話要說，他還是儘量回避，不要摻合在其中比較好。

第六章

舉手之勞

羅茜男說：「我想要你做的並不難，兩件事，
一是想要你給衛一鳴和李廣武這倆個傢伙加點料；
二是把他們倆之後的表現給我錄下來。
這兩件事在別人來說是很難的，
但是對你來說只是舉手之勞而已。」

曲志霞見到田芝蕾，笑了笑說：「師妹，你怎麼跑來了？」

田芝蕾瞅了曲志霞一眼，冷哼說：「我怎麼跑來了，你這個老女人不是明知故問嗎？你別以為我不知道吳傾跟你趁我有課時跑出去私會，我來就是想抓住你們這對狗男女的。」

曲志霞仔細端詳田芝蕾，這個女人看上去還真是有些不太正常，難怪吳傾說她可能得精神病了，還是趕緊想辦法把這個女人給哄走，她留在這裏時間越久，不知道還會鬧出什麼醜事呢。

曲志霞好言說道：「師妹，你誤會我了，我沒有跟教授在一起，我下午是因為工作上的需要才出去的，根本就不是你想的那樣。」

田芝蕾用狐疑的眼神打量著曲志霞，說：「你真的沒有跟吳傾在一起？那吳傾去哪裡了，我怎麼打他的手機都打不通 ？你這個老女人不會是騙我的吧？」

曲志霞裝作無奈的表情說：「吳傾去哪裡了我怎麼知道，我最近可是很少有機會跟吳傾單獨在一起。」

田芝蕾懷疑的說：「他沒有跟你在一起，又沒有在學校，那他去哪裡了？難道他又有新的情人了？」

曲志霞搖搖頭說：「這我就不清楚了，反正我是沒跟他在一起的。師妹，你還是趕緊回學校吧，也許教授已經回去了呢。」

田芝蕾想了想，然後說道：「對啊，也許這時候吳傾已經回去了，我還是趕緊回去看看的好。行了，我走了。」說著，就離開了駐京辦。

曲志霞看著田芝蕾離去的背影，不禁嘆了口氣。

等田芝蕾走遠，曲志霞就去找到傅華。

傅華說：「您師妹走了？」

曲志霞點點頭說：「走了。哎，我這師妹啊，精神上可能有點問題，愛瞎說一些有的沒的，她沒在你面前亂說什麼吧？」

傅華趕忙搖頭說：「沒有，她就說是來找您的。」

曲志霞看傅華急忙否認的表情，心知傅華一定早已猜出她們三人間的荒唐關係了，就有些慌亂，這種事是最忌諱做下屬的人知道的，因為這很可能會成為以後要脅她的把柄。曲志霞想：是裝糊塗當他不知道呢，還是索性說破了，看傅華準備要從中得到什麼。

她在腦中飛快的權衡了一下利弊，她自問做這個分管駐京辦的常務副市長以來，對傅華的工作一直是很支持和扶助的，傅華應該給她三分薄面，不如現在就敞開來談，省得放在心裏總是一個心事。

曲志霞嘆口氣，說：「看來你是知道了，說吧，你想從我這裏得到什麼？」

傅華很佩服曲志霞的敏銳，但其實曲志霞是有點小人之心了，他根本沒想要從中獲取什麼好處的想法。特別是曲志霞對他的駐京辦工作是很有利的，他就更沒有必要去勒索曲志霞什麼了。

傅華回說：「曲副市長，我沒有知道什麼啊，您的師妹是說了一些有的沒的，但我根本就不相信她的話。我覺得您是一個很聰明的領導，肯定知道哪些事對您的工作和家庭會有相當的危害，一定不會允許那些事在您的生活中發生的。」

傅華的意思是，他不會去管他們三人混亂的關係，但是這些事對她的傷害很大，希望曲志霞能夠做出明智的抉擇，盡快回頭是岸才是。

曲志霞感激的看了看傅華，傅華這麼說不但給她留了面子，還提醒她這種三角關係對她的仕途很危險，曲志霞想了想，也覺得到了該是下決心結束她和吳傾這段關係的時候了，可不要為了貪圖一時的快樂，就把她奮鬥半生的仕途給搭進去。決心一下，曲志霞反而有一種如釋重負的感覺。

曲志霞向傅華點了點頭，說：「謝謝你傅華，是你讓我明白自己該做出什麼樣的抉擇了。」

傅華很高興曲志霞終於恢復了理智，說：「曲副市長，這個功勞我可不敢領，一個人要做出什麼樣的抉擇，是由他自身決定的，別人可幫不上什麼忙。」

曲志霞笑笑說：「不管怎麼說，還是謝謝你。」

豪天集團，總經理羅茜男辦公室。

陸豐正把一疊照片拿給羅茜男看。照片上是一對老夫妻正在陪著一個小男孩玩耍，還有幾張是小男孩面部的特寫，小孩看上去天真浪漫的樣子。

羅茜男不敢置信地說：「陸叔，你沒搞錯吧，李廣武能生出這樣的兒子？他這模樣沒什麼地方像李廣武的啊？」

陸豐笑說：「我第一眼看到這個男孩的時候，也懷疑是不是搞錯了，但是按照你說的線索來看，就是這一個，再找不到第二個了。」

羅茜男說：「那就肯定是這個孩子了，不過這跟我想像的有些差距，如果這孩子有什麼地方能跟李廣武明顯的相像，這些照片會更有用一些。」

陸豐聽了，懊惱地說：「茜男，我看這些照片起不了什麼用處，恐怕這一趟是白跑了。」

羅茜男笑笑說：「哎呀，你都費那麼大勁拍回來了，不用多對不起李廣武啊，這樣吧，陸叔，想辦法找個八卦週刊之類的，把照片發出去，先嚇嚇李廣武那混蛋再說。」

陸豐說：「照片是可以找人發出去，只是要怎麼解釋呢？總不能直接點名說這小男孩就是李廣武和某某生的吧？我們目前找到的證據還不夠支持這一點啊。」

羅茜男指示說：「那當然不行，直接點名，李廣武一定會告那家媒體，會給那家媒體惹上麻煩的，這樣肯定不行。這樣吧，陸叔，你就讓那家媒體在發這些照片的同時，附上一篇文字說明，說某某的弟弟身分很可疑，有傳聞說這個小男孩並不真的是她的弟弟，是某某跟北京一位姓氏是以L字母開頭的高官所生。」

陸豐聽了笑說：「這個L就是暗指李廣武了，然後呢？」

羅茜男接著說：「然後就說，據記者調查，某某在這個小男孩出生的那段時期，確實是從大眾視野中消失了，因此這個傳聞有一定的可信性。至於L姓的高官，你讓記者撿一兩樣李廣武的長相特徵報導出來，讓李廣武明知道說的是他，卻又不能拿這家媒體怎麼樣。」

這些完全是時下一些娛樂八卦週刊報導的常用手法，他們通常會發出這樣一些猜謎性質的報導，先報導一些捕風捉影的事情，然後再把當事人的姓名、長相當中的一部分特徵公佈出來，從而引發讀者的好奇心，便會紛紛推測當事人究竟是誰。

當事人對此自然是心知肚明，但是週刊也沒明確點名是什麼人，他們總不能自己跳出來對號入座，只好隱恨把這個啞巴虧給吃下去。

羅茜男要的就是這種效果，讓李廣武知道她開始下手對付他了。

陸豐說：「茜男，即使這麼做，對李廣武來說還是沒什麼用的。」

羅茜男說：「我知道，我這麼做要對付的是睢才燾，我相信這麼做了之後，李廣武必然會恨死睢才燾的，這樣就斷了睢才燾的後路，讓他只能死心塌地的跟著我們了。」

陸豐點頭說：「這倒是，這篇報導只要出來，李廣武說不定會找人教訓睢才燾，他只有跟著我們，才能保得自己的平安了。」

羅茜男說：「我就是想要這樣，現在我暫時還無法分心來對付睢才燾，所以先保他一段時間的平安吧。誒，陸叔，李廣武最近有沒有接觸一些地產發展商，跟這些地產商去娛樂場所玩啊？」

陸豐報告說：「李廣武確實有接觸地產發展商，也跟他們到一些娛樂場所玩過，不過，這傢伙可能是察覺到有危險，因此行事十分的謹慎，即使去娛樂場所，也就是唱唱歌跳跳舞，然後就回家，沒有進一步的動作。」

羅茜男對此並不意外，李廣武是個很精明狡猾的人，便說：「陸叔，你要有心理準備啊，我們這次要對付的，是個在官場上廝混了幾十年的老狐狸，他的警覺性很高，估計這段時間他應該是在擔心我們計劃對付他，所以不敢做出什麼出格的行為。」

陸豐說：「可是他這個樣子，我們可就不好辦了。」

羅茜男眉頭皺了起來，雖然陸豐拍到了那個孩子的照片，但是在對付李廣武方面，她還是一無進展。而那兩塊土地的拍賣很快就要進行了，如果再找不到對付李廣武的辦法，恐怕只能眼睜睜看著這兩塊地賣給別人了。

羅茜男對此自然不甘心，也許需要從另外一個角度來解決這個問題。她看了看陸豐，說：「陸叔，你查沒查到這兩天跟李廣武走得最近的地產商是哪一家？」

陸豐回說：「這我查到了，是北京的麗發世紀，是一家大型的地產發展商，實力雄厚。他們的總經理衛一鳴去市政府找過李廣武，衛一鳴也跟李廣武出去喝酒過，兩人算是互動頻繁。如果我們再沒有什麼招數對付李廣武的話，這兩塊地恐怕要落到麗發世紀手中了。」

羅茜男忿忿不平地說：「這絕對不行，絕不能我們費了半天心機才弄成的局面，最後卻讓麗發世紀撿了大便宜。陸叔，既然李廣武這邊我們抓不到什麼把柄，能不能從麗發世紀身上想想辦法啊？」

陸豐面有難色地說：「這個辦法不好想，衛一鳴也在商界打拼了幾十年，行事風格十分謹慎，我在他常去玩的那家夜總會找了一個眼線，想看看衛一鳴和李廣武去玩的時候，會不會有什麼對我們有利的東西，但還是沒發現什麼。」

羅茜男嘆了口氣，說：「這兩個老狐狸湊在一起，警惕性自然是更高了，當然不會在這個敏感時刻被抓包的。咦，你這個眼線，是什麼人啊？」

陸豐說：「是在那家夜總會做領班的小弟，我給了他一點錢，讓他把衛一鳴在夜總會的情況彙報給我。」

羅茜男問道：「這個人可靠嗎？」

陸豐點頭說：「算是可以吧，他以前跟我手下一個弟兄混過一段時間，算是跟我們有點淵源，我讓那個弟兄找到了他，他很願意配合我們做事。」

羅茜男聽了說：「原來是這樣啊。陸叔，對這個小弟大方一點，別虧待了他，這件事情還沒完，以後可能還需要用到他的。」

陸豐答應說：「好的，我會照你說的去安排。」

羅茜男不忘又交代陸豐，讓他繼續要那個眼線盯緊了衛一鳴和李廣武。

「哼！老虎也有打盹的時候，我就不信他們會一點破綻都不露。」羅茜男在心中說道。

打發走陸豐，羅茜男坐在辦公室裏思索著整件事情，忽然覺得她和豪天集團很吃虧，她在這裏絞盡腦汁想著怎麼去扳倒李廣武，傅華卻躲在一旁冷眼旁觀，連個幫忙的意思表示都沒有，李廣武倒臺的話，受益最大的卻是傅華和他的熙海投資。

這也太不公平了吧？不行，這可要跟傅華說說，不能讓他就這麼乾等著撿便宜，起碼也要他幫忙想想辦法才對。

羅茜男打電話給傅華：「傅華，出來聊聊吧，我有事想跟你商量。」

傅華也正想瞭解一下羅茜男那邊要扳倒李廣武的事進展的如何，就說：

「行，你找地方吧。」

羅茜男就說了一家咖啡館，約好了時間。

見面後，傅華問道：「你那邊可有什麼進展嗎？」

羅茜男搖搖頭說：「本來我覺得李廣武一身毛病，要想對付他輕而易舉，哪知道根本就不是那麼回事，這傢伙滑頭得很，我的人盯了他這麼久，一點能用來對付他的把柄都沒找到。」

聽羅茜男這麼說，傅華有些失望，他原以為羅茜男會有什麼對付李廣武的高招呢，原來羅茜男玩的把戲也不過如此。

傅華忍不住抱怨說：「羅茜男，你這樣可不行啊，眼下那兩塊地競拍在即，你還一點進展都沒有，難道你想等這兩塊地有了新主人之後再來想辦法對付李廣武嗎？那時候恐怕什麼都晚了。」

聽傅華責備他，羅茜男就有些不高興了，氣哼哼地說：「誒，你怎麼說話的啊？我在這邊費心費力的想辦法對付李廣武，你除了冷眼旁觀什麼都沒做，有什麼資格來怪我啊？」

傅華反駁說：「話不能這麼說吧，是你說能夠扳倒李廣武，我才答應跟你合作的。從一開始扳倒李廣武就是你自己要做的，現在你做不到了，卻來怪我不幫忙，這算是什麼道理啊？」

羅茜男沒好氣地說：「好，就算是我提出來要去扳倒李廣武的，這事應該我做，你也不能就這麼乾看著我在這邊一籌莫展吧？何況，如果真能扳倒李廣武，你才是最大的受益者，難道你就不能為此盡上一份心力嗎？」

傅華搖搖頭，為了避免讓楊志欣捲入其中，他受過胡瑜非的警告，讓他不要插手這件事，因此愛莫能助地說：「很抱歉，目前這個階段我不能插手幫你的忙。」

羅茜男一陣錯愕，隨即就惱了，以為傅華還在記恨著前仇，就衝著傅華嚷道：「誒，傅華，你什麼意思啊？什麼叫幫我的忙啊？這是大家的事情好不好？你要知道我們現在是同一陣營的，應該相互支援，把以前的矛盾先放到一邊去才對啊。」

傅華駁斥說：「羅茜男，你別說得那麼好聽，什麼把以前的矛盾先放到一邊，我可記得我們第一次商量這件事的時候，你讓我先吃了一記勾拳的，讓我的肚子疼了好半天，這難道就是你說的把矛盾放在一邊嗎？」

「喂，」羅茜男叫道：「原來你還在記恨我打你的那一拳啊，真是想不到，你這個人竟然這麼小肚雞腸！」

傅華回嘴說：「羅茜男，你真是會倒打一耙，誰小肚雞腸啊？我才是那個挨揍的人好不好！」

羅茜男白了傅華一眼，她有求於傅華，不好跟傅華鬧僵，便說：「好好，就算是我理虧，我跟你道歉行嗎？」

傅華搖頭說：「不行，什麼叫做就算是你理虧啊，你本來就理虧的；再說，如果是我打你一拳，能不能就說聲道歉就沒事了？」

羅茜男狠狠地瞪了傅華一眼，長嘆了口氣，說：「哎！我真是怕了你了，說吧，你到底想要我怎麼做，這件事才算是揭過去了？」

傅華想要捉弄一下羅茜男，就說：「我吃過你兩次拳頭上的苦頭，起碼你要讓我打回一拳，我才會覺得心裏舒坦點。」

「你要打我？」羅茜男叫了起來，說：「誒，你是個大男人啊，居然要打女人，你還要不要臉啊？」

傅華笑說：「羅茜男，你打我的時候可不像是個柔弱的女子啊，再說，按照你這個理論，男人不能打女人，是不是只能你打我，不能我打你啊？」

羅茜男也笑了起來，說：「好吧，我不跟你爭辯這些沒用的了，我也不是挨不住你這一拳，我就讓你打一拳好了。不過事先講好，打過這一拳之後，我們倆的前帳就算是真的清了，不許再舊事重提啦。」

傅華點頭同意，說：「好，我答應你。」

羅茜男爽快地說：「那就來吧。」說著，就閉上眼睛，擺出了一副任人宰割的樣子，等著傅華打她。

傅華其實並沒有真的要打羅茜男一拳的意思，笑了笑說：「好啦，你睜開眼睛吧，我是跟你開玩笑的，我並沒有真要打你的意思。」

羅茜男睜開眼睛看了看傅華，說：「你還是打我一拳比較好，省得以後再拿這個當藉口，找我的麻煩。」

傅華失笑說：「想不到世界上還有自己討打的人。那我可真打啦？」

羅茜男吸了口氣說：「打吧，小小的一拳我還能承受得住。」

傅華說：「你不會後悔吧？」

羅茜男很堅決的點了點頭，「我答應你的事情絕對不會後悔的。」

傅華促狹的說：「即使我打了你，仍然不幫你出主意，你也不後悔？」

「不後……」羅茜男話說了一半，才意識到傅華的話有問題，她叫道：「嘿，差一點被你這傢伙給繞進去，如果你不幫我出主意，我憑什麼讓你打啊！誒，傅華，你到底想我怎麼樣啊？」

傅華有趣地說：「我沒想怎麼樣。我不是不想幫你出主意，而是我原本想用來對付李廣武的辦法跟你的大同小異，你的招數沒用，我的也是一樣，所以我出不出主意，其實是一樣的。」

羅茜男沮喪的說：「原本我還以為你的鬼點子多，能想到什麼辦法呢。想不到你也沒有解決問題的好點子，看來我們只有眼睜睜地看著這兩塊地落入別人的手中了。」

傅華本來也有些沮喪，不過他突然被羅茜男說的「落入別人手中」這幾個字給點醒了，他看了一下羅茜男，說：「羅茜男，你想過沒有，我們是不是被這個不能落入別人手中的想法給誤導了啊？」

「誤導？」羅茜男困惑地看著傅華說：「你什麼意思啊？」

傅華分析說：「李廣武肯定知道我們在背後想要抓住他的把柄好扳倒他，因此他在安排妥當之前，是不可能放鬆警惕的，所以我們不太可能在這兩塊地產生新的主人之前，抓到能夠對付李廣武的把柄。」

羅茜男還是沒聽懂傅華的意思，不耐煩的說：「你究竟想說什麼啊？」

傅華笑說：「這你還不明白嗎，我的意思是，當這兩塊地有了新主人之後，李廣武會不會還保持高度的警惕性呢？」

羅茜男的眼睛亮了，拍著手說：「對啊，他不可能永遠都保持著高度警惕性的，他本來就是個老色鬼，為了確保安全，才會過這種克制自己的日子，一旦當危險程度降低或者不存在的時候，他一定會故態復萌的。」

傅華說：「不僅僅是故態復萌，應該是變本加厲才對，一個色鬼清心寡欲的越久，對女人的念頭就會越強烈，一旦放開克制恐怕就是不可收拾的程度，到那時候我們再來抓他的把柄，就會輕而易舉了。」

羅茜男沉吟說：「這對付李廣武可能是個好辦法，但是那兩塊地就會被別人拍走，我們再想拿回來，恐怕就很難了。」

傅華卻抱持不同看法，說：「也不盡然，如果能從李廣武身上獲得突破，證實對方拿地的過程中存在著違法性，整件事就會來個大逆轉，對方就不得不將拿到手的地再吐出來的。」

兩天後，關於某某的弟弟其實是她跟北京一個L姓高官所生的新聞，就在一家八卦週刊上被報導了出來，隨即不少的媒體都轉載了這條報導。

但就像事先預估的那樣，只是讓李廣武心裏彆扭了一下，對他並沒有造成實際上的損害。倒是睢才燾因此臉沉了好幾天，估計他是被李廣武罵過才這樣的，這正是羅茜男想要的結果，心裏暗自好笑。

這兩塊地的競拍終於進行了，羅茜男雖然也到了競拍現場，卻連號碼牌都沒舉過，她很清楚沒有李廣武的支持，即使能夠拍下這兩塊地，也難以將這兩塊地發展成功的。

不出羅茜男的意料，這兩塊地最終被「麗發世紀」以十七億的總價收入囊中，雖然比當初八億的原值翻了一倍多，但相比目前地塊周邊的土地價值來說，還是便宜不少。

從拍賣現場回來，羅茜男把陸豐叫到辦公室，然後吩咐說：「陸叔，我估計今晚李廣武和衛一鳴一定會在那家夜總會慶祝的，你把那個眼線給我約出來，我有事要他做。這件事要注意保密，千萬不能讓衛一鳴和李廣武有所察覺。」

陸豐點點頭說：「行，我馬上去安排。」

陸豐離開後，羅茜男把辦公室裏的保險箱打開，從保險箱裏拿出了二十萬現金，準備待會兒做為給那個眼線的報酬。

過了一會兒，陸豐回報說：「我已經約好跟那人在茶館見面了。」

「行，陸叔，我們一起去見他。」

兩人就一起去茶館赴約。一個二十八九歲的年輕人已經等在那裏。年輕人染著一頭金髮，很新潮的樣子，看上去倒是很機靈，只是可能是在夜總會工作的緣故，顯得有些睡眠不足的樣子。

陸豐介紹說：「茜男，這就是我跟你說的那位朋友。」

年輕人看到羅茜男立即眼睛亮了一下，對陸豐說：「陸叔，原來你的朋友是個靚女啊，我是巴倫，靚女，你怎麼稱呼啊？」

陸豐瞪了巴倫一眼，說：「巴倫，你的態度給我放尊重點，這是我們豪天集團的羅茜男總經理，可不是你能隨便稱呼的。」

羅茜男卻說：「陸叔，你不用這麼嚴肅，我跟巴倫都是年輕人，沒那麼多規矩。巴倫，很高興認識你。」

羅茜男大方的伸出手來。巴倫雖然不認識羅茜男，但是豪天集團和羅由豪在道上的名氣他卻很清楚，態度就變得恭謹起來，小心地跟羅茜男握了握手，略帶諂媚的說：「很高興認識您，羅總。」

三人就找了一個包廂坐下來，陸豐開始泡茶，羅茜男對略顯拘謹的巴倫親切地說：「巴倫，陸叔把你幫我們忙的事跟我講了，很感謝你啊。」

巴倫靦腆地說：「羅總，您千萬別這麼客氣，我也就是幫朋友一點小忙而已，不值得您掛在心上的。」

羅茜男看巴倫應對倒很有禮數，覺得這個人可堪大用，就笑笑說：「巴倫，我想問一下，你在夜總會每個月的收入有多少？」

巴倫看了一眼羅茜男，保守地說：「這個可不一定，小費多的時候，一個月也能上萬，一般情況下也有個六七千塊吧。」

羅茜男問巴倫的收入，是想掂量一下她帶來的錢夠不夠打動他的程度，聽了巴倫的回答，她覺得二十萬應該夠讓巴倫心動了。

「看樣子你每個月賺的還不少啊。」羅茜男讚許地說。

巴倫心裏很得意，嘴上卻謙虛地說：「馬馬虎虎了，當然是比不上羅總您賺得多了。」

陸豐這時把茶泡好了，就給兩人斟上。

羅茜男就把隨身帶來的二十萬擺在桌上，然後推到巴倫面前，笑笑說：「巴倫啊，想不想多賺一點錢啊？」

巴倫看到這二十萬，眼睛立時瞪大了，他每個月也就是幾千塊錢的收入，在北京這個什麼都貴的地方，他的收入其實算是城市貧民，這二十萬可是他兩三年不吃不喝才能攢下來的。

巴倫回說：「賺錢誰不想啊？羅總，不知道你想要我做什麼事啊？」

羅茜男說：「陸叔應該跟你說過衛一鳴這個人吧？」

巴倫說：「是的，陸叔前幾天就是讓我盯著衛一鳴和另外一個叫做李廣武的人，因此我知道這兩個人。」

羅茜男滿意地說：「既然你知道這兩個人，那就好辦了，我需要你幫我把這兩個人搞定；如果你能幫我弄到我想要的東西的話，這二十萬塊就是你的了。」

巴倫忍不住伸手出來摸了一下眼前的這二十萬，不過隨即就把手給收了回去，因為他知道羅茜男不會隨隨便便就給他二十萬的，羅茜男要他辦的，肯定不是一件容易的事。

巴倫抬起頭看了看羅茜男，說：「羅總，恐怕你的事情不是那麼好辦，陸叔已經跟我講過你們想要什麼，但是衛一鳴和李廣武這兩個傢伙都很小心，頂多是跟小姐摟摟抱抱而已，並沒有太過分的行為。」

「這我知道，」羅茜男直視著巴倫的眼睛說：「所以我才需要你幫忙，只要你願意幫我的忙，我一定可以得到想要的東西的。」

巴倫很誠懇地說：「我很願意為羅總效勞，只是我想不到要怎麼才能幫羅總達成這個心願，所以還請羅總明說你究竟想要我做什麼好了。」

羅茜男笑了笑說：「我想要你做的並不難，兩件事，一是想要你給衛一鳴和李廣武這倆個傢伙加點料；二是把他們倆之後的表現給我錄下來。這兩件事在別人來說很難，但是對你來說，只是舉手之勞而已。」

這是羅茜男在那天跟傅華談過之後，想到的一個對付李廣武的辦法。她同意傅華所說的，李廣武在土地被拍賣出去之後就會放鬆警惕，但是有一點她跟傅華的意見不一致，那就是等李廣武慢慢放鬆警惕，做出讓人抓住把柄的行為。羅茜男可沒有耐心等李廣武自己罪行敗露，她擔心時間拖得太久的話，那兩塊地會被麗發世紀發展起來，到時候就算是李廣武出事，這兩塊地也沒辦法拿回來了。

於是羅茜男決定想辦法促使李廣武的罪行快點敗露，她的主意就打到了巴倫的身上，想要巴倫給李廣武和衛一鳴的飲料加點料，然後使這兩隻老狐狸行為出錯。這是羅茜男受了上次李廣武給她下藥的啟發。這算是以彼之道還施彼身，讓她感覺出了口惡氣。

這個想法，羅茜男並沒有跟傅華提起過，傅華是一名官員，對這種道上的手段不一定會同意，她決定自行其事。這也算是以毒攻毒，她並不覺得有什麼不應該，誰讓李廣武先用下作的手段對付過她呢。

巴倫想想，說：「羅總，不知道您想要在他們的飲料中加什麼料呢？」

這件事對巴倫來說難度並不高，很多客人為了玩得嗨一點，還會自己主動往飲料中加料呢。

羅茜男對巴倫的態度很滿意，就說：「給他們來點催情燕窩吧，這種東西加在酒中，無色無臭無味，他們應該察覺不到的。」又問道：「你能搞到催情燕窩嗎？不行的話，讓陸叔幫你搞一點。」

巴倫得意地說：「羅總這麼說可有點小瞧我了，再怎麼說我也在夜總會混了這麼多年，連這個都搞不到，那我也不要混了。」

羅茜男笑說：「那是最好了。再是料的量要控制好，我想要的是讓他們興奮，可不想讓他們昏睡。」

羅茜男那次被下毒之所以會昏倒，據醫生說，是因為李廣武在水中下的毒量很大，還說羅茜男幸虧送醫及時，否則可能會有生命危險。李廣武為了佔有她，根本不顧她的生命安危，羅茜男心中也就越發的恨李廣武了。

巴倫說：「這點羅總放心好了，量我會掌握好的。」

羅茜男便把二十萬往巴倫面前推了推，笑說：「那這個就是你的了。」

巴倫愣了一下，說：「羅總，您就這麼讓我把錢帶走啊？就不怕我帶著這二十萬跑路嗎？」

羅茜男笑了笑說：「我這個人向來是疑人不用，用人不疑的；再說，這二十萬豪天集團還損失得起，可是你有沒有這個福消受可就難說了。」

巴倫聽了，立即拍著胸脯說：「您這話說到重點上了，您放心吧，羅總，我巴倫也是講義氣的，事情沒辦成的話，這錢我會退給你的。」

羅茜男讚許地說：「那我就是沒看錯人了。預祝你馬到功成，等回頭你把錄影視頻拿給我的時候，如果效果令人滿意，我會另外有賞的。今天麗發世紀成功的拍下兩塊地，我估計晚上李廣武和衛一鳴就會去你們夜總會慶祝的，你趕緊回去準備吧，千萬不要錯過這個大好的機會。」

巴倫大力地點點頭說：「好的，羅總，我這就回去準備。」

羅茜男又說：「有什麼需要或者發生什麼事，你都可以找陸叔，他會盡力配合你的。」

巴倫就帶著錢走了。

羅茜男這才端起茶杯喝了口茶，品評了一下，說：「陸叔，你這茶泡得還挺香的，手藝不錯啊。」

陸豐卻並沒有像羅茜男這麼輕鬆，說：「我隨便泡的。誒，茜男，你覺得巴倫真的能辦好這件事嗎？」

羅茜男搖搖頭說：「這我也不知道，這個人我是第一次接觸，雖然看上去還滿是那麼回事的，但是他究竟能不能像他說的那樣勝任這件事，我心中也沒底。」

陸豐不禁問道：「那你還有心情喝茶啊？」

羅茜男笑說：「陸叔，那你想我怎樣啊？唉聲嘆氣，愁眉苦臉嗎？」

陸豐說：「那倒沒必要，我只是覺得你不該這麼放鬆的。」

羅茜男說：「到這個時候，我能做的都做了，成與不成都是天意了。陸叔，你別光看著我喝茶，你也喝啊，這段時間你也跟著我受累了。」

陸豐說：「我受什麼累啊，就跑跑腿而已，不像你要用這麼多腦子。」

羅茜男感嘆說：「你可不是僅僅跑跑腿這麼簡單，你是真心想幫我解決問題的，這對我和豪天集團才是最珍貴的，不像某些人，表面上好像對我很好，背地裏卻算計我。」

陸豐看了羅茜男一眼，說：「你說的是睢才燾這小子吧？」

羅茜男點點頭說：「除了他還有誰啊？這個混蛋臉皮還真是夠厚的，都對我那樣了，居然還有臉在豪天集團出現。」

陸豐說：「我想那是他不敢不出現吧？因為某某的事被媒體揭露，李廣武肯定恨死他了，他如果再跟你決裂，可真是自尋死路了。誒，茜男，如果這次對付完李廣武，接下來你準備怎麼對付睢才燾這小子呢？」

羅茜男冷笑說：「這個先不急，我要想辦法先把他的錢花掉再說，等那時候我就能把他趕走，卻不讓他帶走一分錢了。」

陸豐贊同說：「對，就應該這麼整治這個小子。」

羅茜男笑笑說：「他的事先不要去管了，對我們來說，最重要的是今天晚上李廣武和衛一鳴那裏。陸叔，今晚要辛苦你了，給我盯緊那邊的情況，然後隨時把情況回報給我。」

陸豐點了點頭，說：「行，茜男，你放心，我會把事情處理好的。」

第七章

獵狐行動

傅華知道羅茜男不會無緣無故打電話給他，便說：
「你這麼晚打電話給我，該不是你有什麼行動了吧？」
羅茜男語帶玩味地說：「我在獵狐呢。」
「獵狐？」傅華不明白羅茜男的意思，
問道：「獵什麼狐啊？」

晚上九點，羅茜男站在家中的窗前，望向窗外的夜空，心頭一片茫然。

陸豐那邊一直沒有什麼訊息傳來，她不清楚今晚李廣武和衛一鳴究竟會不會去那家夜總會，會不會像她預想的那樣發展，她也沒有把握，現在只能看誰的運氣更好一些了，也不知道傅華那小子現在在幹什麼。。

羅茜男抓起桌上的電話打給傅華，想找人說說話。

傅華此刻正在馮葵的香閨裏，聽到電話鈴響，馮葵打趣說：「這麼晚，不會是哪個紅粉知己打來跟你一訴情長的吧？」

傅華看了一下號碼，說：「是羅茜男，今天天豐源廣場和豐源中心那兩塊地被麗發世紀給買走了，大概她是想跟我說這件事吧？」

馮葵質疑說：「要談公事可以白天談，不需要這麼晚打電話給你吧？」

傅華說：「羅茜男完全是個男人的性格，你不會連她也吃醋吧？」

馮葵反駁說：「她是男人性格不假，可還是女人的模樣啊，那個身材、臉蛋，我是男人我也喜歡啊。」

傅華搖頭說：「我不跟你瞎扯了，我得趕緊接電話，這個姑奶奶可不好得罪。」

傅華就接通了羅茜男的電話，羅茜男不滿的說：「傅華，你怎麼回事啊，接個電話還要磨蹭這麼久？」

傅華趕忙解釋道：「不好意思，手機放的比較遠，所以就慢了點，找我有事嗎？」

羅茜男沒好氣地說：「找你當然是有事啦，你應該已經知道那兩塊地被麗發世紀給拍走的事吧？」

傅華說：「我知道，網上已經出來消息了，賣了十七億。」

羅茜男問：「那你有什麼想法啊？」

傅華說：「當然是很不甘心啦，這塊地如果沒被收走的話，我的公司可就有近十億的土地增值了。」

羅茜男忍不住責備說：「你光這麼想是沒用的，要有行動才行啊。」

傅華知道羅茜男不會無緣無故打電話給他，便說：「你這麼晚打電話給我，該不是你有什麼行動了吧？」

羅茜男語帶玩味地說：「我在獵狐呢。」

「獵狐？」傅華不明白羅茜男的意思，問道：「獵什麼狐啊？」

羅茜男笑說：「當然是李廣武這隻老狐狸啦。」

「你抓到他的把柄了？」傅華驚喜地道。

羅茜男說：「還沒有，不過我已經安排好了陷阱，就等著這隻老狐狸往陷阱裏跳了。誒，傅華，你說他會跳嗎？」

傅華很有信心地說：「肯定會的。」

羅茜男詫異地道：「你怎麼敢這麼肯定？」

傅華苦中作樂地說：「因為你和我被這件事憋屈了這麼久，也該是轉運的時候了。」

羅茜男抱怨說：「我費了這麼大勁才安排好陷阱，你一句也該轉運了，就把我的功勞全部抹殺啦？」

傅華順勢改口說：「好，好，都是你的功勞，行了吧？」

羅茜男更不滿意了：「你這什麼態度啊，本來就是我的功勞嘛。」

這時，羅茜男的手機響了起來，是陸豐打來的，她趕忙接通了，問道：「陸叔，有什麼動靜了嗎？」

陸豐興奮地報告說：「是的，剛才有人看到李廣武和衛一鳴已經進了夜總會了。」

羅茜男心頭一陣狂喜，主角已經進場，大戲的序幕拉開，戰鬥正式打響了。

她交代說：「好的陸叔，你繼續盯著，有什麼情況隨時跟我說。」

掛了陸豐的電話後，羅茜男轉而對傅華說：「剛才你聽到了吧，李廣武已經走進我給他挖好的陷阱了，你就等著聽我的好消息吧。」

傅華不禁問道：「我只聽到李廣武和衛一鳴進了夜總會，你又怎麼知道他們會照你預想的那樣子做呢？」

羅茜男賣著關子說：「我當然有辦法讓他們照我預想的去做啦。好了，不跟你磨牙了，我要等陸叔的消息了，先掛了。」

傅華就聽到話筒裏傳來一陣盲音，傅華不禁搖搖頭，這個女人真是的，事情也不說清楚，電話就掛了。

「打情罵俏完啦？」馮葵說。

傅華看馮葵臉上帶著譏誚的表情看著他，就說：「你又多心了，我剛才沒跟她說什麼啊。」

馮葵哼了聲說：「還沒說什麼，人家都在跟你撒嬌了。」

傅華冤枉地說：「羅茜男在跟我撒嬌？你在開什麼玩笑，她對我的意見大了去了，怎麼會跟我撒嬌呢？」

「你還裝傻！」馮葵不滿地說：「她對你說話的口吻可不像是在對有意

見的人說的，明顯是在撒嬌嘛。傅華，我還真是佩服你，你對付女人果然有一套啊，居然能讓羅茜男在你面前像個小女人一樣。」

「小葵，是你太敏感了吧？我怎麼一點都不覺得啊？」傅華連忙否認。男女交往有一個大原則，那就是千萬不要在女人面前承認別的女人對你有好感，否則就等著吃苦頭吧。

馮葵嗤了聲說：「你就再裝吧。誒，這麼多女人喜歡你，你心裏是不是很得意啊？」

「哪有很多女人喜歡我啊？」傅華嘆說：「你看，鄭莉選擇離開我，而你呢，雖然我們在一起，但是這段關係卻是見不得光的，我根本無法對外人說你是我的女友。」

鄭莉跟傅華離婚後，把更多精力的投入到服裝設計的工作中，在設計圈內聲譽日隆，忙得是不可開交。傅華幾次去看傅瑾，都沒見到鄭莉的身影，跟鄭莉之間的聯繫也就越發的疏淡了。而馮葵從來沒有想過要把他介紹給馮家的人，傅華就知道兩人不可能再進一步了，也只好暫時維持目前這種半同居的狀態。

馮葵瞄了傅華一眼，心有所感地說：「傅華，你是不是很介意我們現在這個狀態？」

傅華搖搖頭：「我不是介意，而是我不知道我們倆的未來會如何。」

馮葵灑脫地說：「想那麼多幹什麼，一切隨緣不好嗎？緣起則聚，緣盡則散就行了。就說你跟鄭莉好了，你們好不容易終於結婚在一起了，最後還不是散了嗎？」

傅華看了一眼馮葵，想想也是，男女在一起本就是一個緣字，無關乎結合的形式；兩人緣盡的時候，即使曾經再親近不過的伴侶也會分道揚鑣的，既然這樣，他又何必去拘泥他和馮葵有沒有未來呢？

幾乎在同一時間，在北大校園內的一家咖啡館包廂裏，吳傾和曲志霞正相對而坐。曲志霞把吳傾約來這裏見面，是想跟吳傾說清楚，了斷他們這一段不倫的師生之戀。

匆忙而來的吳傾卻是一副心事重重的樣子，還沒等曲志霞開口說明來意，就先說道：「志霞，你是不是在田芝蕾面前說了些什麼？」

曲志霞愣了一下，說：「怎麼了？又出什麼事了嗎？」

吳傾煩心地說：「是啊，這兩天她總問我是不是又有別的情人了？」

曲志霞聽了，說：「原來是這樣啊。我知道是怎麼回事，上次我們幽會的時候，田芝蕾追到海川駐京辦，當時我迫於無奈，就跟她撒了個謊，說我是在外面處理公務，並沒有跟你在一起。她想你既然沒跟我在一起，就以為你是有別的女人了。」

吳傾苦笑了一下，說：「原來是這樣啊。唉，這個女人真是神經質，讓人受不了。」

曲志霞點點頭說：「是啊，我也有點受不了她，這樣下去太危險了，我們的事很容易就會被她給鬧騰出去的。所以吳傾，我們到此為止吧，以後你做你的教授，我做我的學生，我們就不要再有其他的關係了。」

吳傾沒想到曲志霞會主動提出分手，他對曲志霞的感情很是複雜，雖然曲志霞是為了學業的原因才跟他發生不倫關係，但是他們畢竟有過最親密的接觸，一時間聽到曲志霞提出不再來往了，心中還是有些不捨。

不過，吳傾也沒有立場堅持要曲志霞繼續跟他在一起，特別是還有一個恐怖情人田芝蕾在旁邊，就說：「也好，我們還是做回師生關係吧，今後你在學業上如果需要什麼幫助，儘管說，我一定會盡力幫你的。」

曲志霞看了看眼前這個無論是課業還是床上都讓她學到很多的男人，笑了一下說：「謝謝你，雖然我們之間有過不愉快，但整體來講，你還是讓我得到了很多的快樂。」

吳傾很有風度地說：「我也是一樣。」

曲志霞說：「我約你來，就只是想跟你說這件事的，現在話已經說完了，再見吧。」

曲志霞說完就站了起來，準備要離開，吳傾也站了起來，兩人握了手，就此分別時，包廂外突然傳來一陣吵鬧聲，先是服務員的聲音在說：

「小姐，我們還要做生意，麻煩你別隨便進我們的包廂。」

緊接著，是一個女人的聲音說：「別攔我，我要找我的朋友，我看到他進來了。」

聽到這個女人的聲音，曲志霞和吳傾的臉色立時變了，因為這個女人的聲音對他們來說再熟悉不過，是田芝蕾的聲音。顯然田芝蕾來找的人不是別人，就是吳傾。

曲志霞擔心田芝蕾見到她和吳傾在包廂裏，會認為兩人藕斷絲連，私下仍然有往來，她正在氣頭上，只會有理說不清，萬一在咖啡館大鬧一場，她和吳傾的臉就丟大了。幸好她對這家咖啡館很熟，知道後面還有一個出

口，可以讓她遁走，就說：「吳傾，我先從後面走了，你自己去應付田芝蕾吧。」

吳傾也深怕田芝蕾見到他和曲志霞在一起，田芝蕾現在的情緒極為不穩定，見到他們在這裏私會，還不知道會爆怒成什麼樣子呢。就點了一下頭，說：「行，你趕緊走吧。」

曲志霞就從後門偷溜了出去，剛走出去，就聽到田芝蕾在裏面鬧了起來。曲志霞心想：好在她已經順利脫身，也跟吳傾劃清了界限，從此不再有任何瓜葛，他們倆鬧得再兇，也與她沒什麼關係了。

這時候，在家的羅茜男心裏也是一陣輕鬆，陸豐傳來的消息，說巴倫已經順利把毒品加到李廣武和衛一鳴的酒中，兩隻老狐狸不疑有他，將加了料的酒喝了個精光，一切都按著她預想的步驟在進行著。

羅茜男總算鬆了口氣，現在一切就緒，就看李廣武和衛一鳴在毒品的作用下，會有什麼樣的表現了。巴倫事先在包廂裏放了一台小型的錄影機，李廣武和衛一鳴做了什麼，都會分毫不差地錄下來，她很快就能看到裏面的情形。羅茜男心中暗道，希望她給巴倫的二十萬塊能夠值回票價。

第二天上午，羅茜男接到陸豐的電話，說巴倫已經拿到李廣武和衛一鳴在包廂裏的視頻，問要怎麼把這個視頻給她。羅茜男就讓陸豐安排巴倫還在上次見面的茶館見面。

臨去之前，羅茜男又從保險箱裏拿了十萬塊出來，準備犒賞巴倫；另一方面，事情如果追到巴倫身上，這十萬塊也可以讓巴倫拿著出去避避風頭。

再次見面，巴倫顯得十分興奮，看著羅茜男說：「羅總，你都不知道有多精彩，想不到這兩個老傢伙玩起女人來，花樣還這麼多，最後居然還交換伴侶來玩，真是有夠瘋狂的。」

聽巴倫這麼說，羅茜男知道拍到的東西肯定值回二十萬的票價了，不說別的，光是李廣武和衛一鳴在包廂裏還玩起交換伴侶這一點，就足夠葬送李廣武的前途了。

羅茜男快速的流覽了一下巴倫拍到的東西，果然，李廣武和衛一鳴在催情燕窩的作用下，整個人高度亢奮，對自身沒有了控制，喋喋不休的談論很多有關麗發世紀拿地的事。

李廣武承認他一開始是想幫助睢心雄去對付楊志欣，才會搞出一些花樣，把這兩塊地給收了回來。只可惜睢心雄無福消受這兩塊地帶來的巨大收益，在地拍賣前出事被雙規了，才便宜了麗發世紀。

衛一鳴得意地說：「什麼便宜麗發世紀啊，麗發世紀是花了比當初高一倍的價錢才買下來的好不好？」

李廣武說：「你別得了便宜還賣乖，這塊肥肉如果能發展好的話，效益可是能夠翻好幾倍的。回頭你趕緊把答應我的股份手續給我辦了，別還要等著我去催你。」

衛一鳴接口說：「你放心吧，一點也少不了你的。」

李廣武還批評了睢才燾和豪天集團，說睢才燾是個草包，沒有他父親，根本就什麼都不是，被豪天集團耍得團團轉；羅茜男也是個賤女人，在他面前賣弄姿色勾引他，卻又裝作貞潔烈女，不讓他碰她；又說羅茜男身上有股野味，玩起來一定很夠勁……等等各種不堪入耳的難聽話都出來了。

羅茜男氣得忍不住脫口罵了句娘，說：「李廣武這個混蛋，竟然敢這麼說姑奶奶我，等著吧，我一定玩死這混蛋！」

接下來的內容是李廣武和衛一鳴各自叫了一名小姐，在毒品的作用下，兩個人興奮得忘乎所以，也不避諱對方，就在包廂裏跟小姐玩起活春宮來。

這個時候，李廣武就盡顯老色狼的本色了，鏡頭下的他雖然一身難看至極的贅肉，但跟小姐玩起來花樣百出，讓羅茜男驚呼連連。

玩完一局之後，兩人的藥勁尚未過去，還是高度興奮的狀態，不免意猶未盡，這時李廣武居然提議說要跟衛一鳴交換小姐來玩，衛一鳴居然答應了，於是接下來又是好一番的春色瀰漫……

這個視頻包含了羅茜男預想的所有內容，心中超級滿意，就對巴倫說：「巴倫，你幹得很不錯，我很滿意。」說著，就把她帶來的十萬塊拿出來放到巴倫面前，說：「這錢是賞你的。」

巴倫毫不客氣的把十萬塊給收了起來，然後說：「謝謝羅總，跟您合作就是痛快啊。」

羅茜男笑說：「不用客氣，這錢是你應得的。不過有一點，你給我記住了，你做的這件事一定要嚴格保密，不要對外講一個字。特別是不要對別人講你拍了視頻的事，更不能對別人講這件事與豪天集團有關，知道嗎？」

巴倫點點頭，說：「羅總，你放心，這件事說出去對我也很不利的，我才沒那麼傻給自己找麻煩呢。」

羅茜男又吩咐說：「還有，我要用這個做點事，所以很快就會把這個視頻給公佈出去，到時候很可能會有人來查視頻的來源，你可千萬要保護好自己，別被人給揪出來了。」

巴倫笑了笑說：「不會的，我會照顧好自己的。」

拿到視頻後，羅茜男按捺不住心中的激動，馬上就打電話給傅華，說是要給傅華看一份好東西。聽羅茜男這麼說，傅華曉得一定與昨晚羅茜男所說的獵狐有關，看來她一定抓到李廣武的什麼把柄了。

兩人見了面，羅茜男一看到傅華，就說：「傅華，你快來看我找人拍攝的視頻。」

羅茜男就將視頻放給傅華看，看著看著，羅茜男才意識到她光顧著高興，忽略了這份視頻的內容實在不太適合孤男寡女在一起看。

李廣武和衛一鳴跟小姐玩樂的鏡頭，將人類最原始最野性的行為完全展現在傅華和羅茜男眼前，尤其是男女親密動作的細節及各種招術盡出，搞得兩人十分尷尬，都不敢直視對方。她趕緊關掉了視頻，臉紅地說：「後面的不用看了，都是一些齷齪的動作。」

羅茜男一臉嬌羞，也不像她平時那樣大大咧咧的，看得傅華一陣錯愕，沒想到羅茜男也有這麼女人味的一面，不禁有點愣住了。

看到傅華愣愣的看著她，羅茜男的臉更紅了，她以為傅華由視頻中李廣武和衛一鳴齷齪的動作聯想到她的身上去了，又羞又惱，就抬腳狠狠地踩了傅華的腳一下。

傅華疼得大叫，瞪著眼睛看著羅茜男說：「你為什麼突然踩我啊？」

羅茜男回瞪了傅華一眼，說：「誰叫你想歪的。」

傅華苦笑了一下，說：「我沒有想歪啊。」

羅茜男質問道：「那你在想什麼？」

「我在想……」傅華話說了半截就語塞了，他總不能說羅茜男露出女人一面的時候還挺讓人心動的吧？那樣好像是他在調戲羅茜男一樣。

羅茜男看傅華的話說不下去了，就白了他一眼，說：「你們這些男人啊，腦子裏沒一個乾淨的。」

傅華無奈地笑了一下，沒做任何解釋，因為解釋只會越描越黑，聰明的話，還是趕緊轉移話題比較好，就說：「我怎麼覺得視頻中，李廣武和衛一鳴好像都不是很正常的樣子？衛一鳴我不熟，但是李廣武那個傢伙做事很謹慎，視頻裏的那些話，在平時理智的狀態下根本就不會講的。」

羅茜男聽了說：「聰明，視頻裏他們倆是不太正常，是因為我讓人在他們的酒中下了料了。」

「你給他們酒中下了毒品？」傅華驚訝的說。

羅茜男反問：「怎麼，不行啊？就許他用毒品來對付我，我就不能用毒品對付他了嗎？」

「我沒有說不行，我只是很驚訝你會用這種手段對付李廣武。」傅華解釋說。

羅茜男忿忿地說：「我這麼對付他還是輕的呢。好了傅華，別這麼多廢話了，現在視頻你也看了，你說我們下一步要怎麼做，才能讓這份視頻發揮最大的作用？」

傅華想了一下，這份視頻的內容相當令人震撼，顯現了官員極為醜陋的一面；如果公諸於世，一定會對政壇有很大的負面影響，這件事還是要慎重處理才行，因此在要使用這份視頻之前，最好還是跟胡瑜非和楊志欣打聲招呼比較好。

傅華就說：「要怎麼辦，我現在還沒辦法答覆你，我需要把這份視頻給我一個朋友看看，看他對此是什麼意思。」

羅茜男奇怪地看了傅華一眼，說：「你的朋友，什麼朋友啊？」

傅華說：「這你就別管了，反正是能幫我拿回項目的人，我需要請示他才能決定下一步怎麼做。」

羅茜男點了一下頭，說：「那好吧，你就趕緊去請示吧。」

傅華說：「我馬上就去找他，不過，在我請示回來前，這份視頻絕不能往外散播，要知道雖然李廣武牽涉到受賄犯罪，可是你對他使用毒品也不是什麼合法的行徑，目前最好還是不要讓別人知道這份視頻是從你這裏流出去的，可別還沒抓到李廣武，先把你給牽連進去了。」

羅茜男不以為意的說：「傅華，你是不是也太小心了啊，比起李廣武牽涉到的受賄犯罪行為，我給他使用毒品這一點根本就沒什麼！」

傅華警告說：「你別把事情想得這麼簡單，官場上的事從來都不是一加一等於二那麼簡單的。你可別忘了，李廣武可是個副省級的官員，他也是有些勢力的，如果我們這次把他扳倒了，他的那些勢力說不定會拿你給他使用毒品這件事大做文章，萬一到時候那些人非要追著這一點不放，你怎麼辦啊？」

羅茜男聽了，愣了一下說：「這個我倒沒想過，不過為了能扳倒李廣武，我豁出去了，就是受點牽連也無所謂的。」

傅華說：「那倒沒必要，我可不想為了這件事把朋友給搭進去。你放心好了，我會妥善處理的。好了，我要去見我那個朋友了。」

羅茜男感激地看了傅華一眼，說：「傅華，謝謝你幫我考慮的這麼周全，你趕緊去吧，我不會再讓其他人知道有這份視頻的。」

傅華就帶著視頻錄影去了胡瑜非家，把錄影給胡瑜非看。

胡瑜非看完，臉色變得十分凝重，看著傅華，嚴肅地說：「傅華，這東西是怎麼搞來的？裏面李廣武怎麼會那麼興奮，說起話來滔滔不絕，甚至到了跟衛一鳴交換伴侶公開淫亂的程度，這是怎麼一回事啊？」

傅華心裏不得不佩服胡瑜非的老道，一下子就注意到問題的關鍵，於是趕忙解釋說：「胡叔，您聽我說，這個不是我搞出來的。」

胡瑜非質疑地看著傅華，不相信的說：「真的不是你搞的？你可別騙我啊，李廣武幫麗發世紀拍走兩塊地，你可是最恨他的人了，不是你搞的，又會是誰搞出來的呢？」

傅華叫屈說：「胡叔，您怎麼不相信我啊，我們認識這麼久了，我什麼時候騙過您嗎？」

胡瑜非說：「那倒沒有，那你告訴我，這東西是從哪兒弄來的？」

傅華說：「這是一個朋友剛剛送來給我的，是昨晚在一家夜總會中錄下來的。」

胡瑜非疑惑地問道：「一個朋友，什麼朋友啊？」

傅華在不確定胡瑜非要拿這份視頻怎麼辦的前提下，不好說出羅茜男來，便說：「胡叔，我答應過她，不把她說出來的。您能不能先別管她是誰，就看看這份視頻能不能幫我將土地拿回來啊？」

胡瑜非退而求其次地說：「你不把朋友說出來也行，不過你要告訴我，裏面李廣武和衛一鳴為什麼會這麼興奮啊？」

傅華回說：「那是因為他們的酒裏被人下了點東西。」

「下了點東西？」胡瑜非沉思說：「那也就是說，這份視頻是通過非法手段得來的了?!這個視頻如果真的公佈出去，對我們不一定有利，這種下毒的行為十分惡劣，官方恐怕是不能允許的。」

傅華理解地說：「胡叔，我知道這件事很麻煩，所以沒敢貿然的對這份視頻做出什麼處理，就先跑來您這兒，向您討主意來了。您認為要怎麼處理比較好呢？」

胡瑜非想了想，說：「這份東西確實能把李廣武給整倒，不過它也是一把雙刃劍，警方在處理李廣武的同時，也必然會追查錄製這份視頻的人。所以要怎麼做就看你了，你是要保護你的朋友呢，還是要整倒李廣武，你自己選擇吧。」

傅華陷入了思考，問道：「胡叔，如果我既想整倒李廣武，又想保住我的朋友呢？」

胡瑜非說為難地說：「我也想兩全其美啊，不過哪有這麼好的事啊。」

傅華說：「也不盡然啊，我們並不是非要把這份視頻給公佈出去；至於拍攝視頻的行為，實際上是在為官方反貪腐提供支持的，官方也沒必要非查出是誰不可，您說是吧？」

胡瑜非失笑說：「你這傢伙，還是捨不得那兩個項目能夠帶來的巨大利益啊。其實你這麼做有些冒險，官方如果非要找出這個視頻的來源，那你的朋友可就慘了。」

傅華說：「既然有機會能夠把項目拿回來，為什麼要便宜了李廣武和麗發世紀呢？至於我朋友的事，我想楊副總理應該有能力幫我控制住局面，不讓追查方向轉向我的朋友是吧？」

胡瑜非搖搖頭說：「這個我可不敢保證，如果志欣控制不住局面呢？」

傅華做出壯士斷腕的表情說：「如果是那樣的話，我會承認視頻是我拍的。」

「犧牲自己，保全朋友，」胡瑜非看著傅華說：「看來你這個朋友對你很重要啊？」

傅華很有義氣地說：「胡叔，這不是重不重要的問題，而是道義上我必須要保護她，我不想為了懲治一個壞人，而犧牲掉自己的朋友。如果非要這麼做的話，我寧願犧牲的是我自己。」

胡瑜非點了點頭，說：「好吧，我會盡力幫你勸志欣要他照你的意思去辦，不過傅華，最後究竟會怎麼做，還是要由志欣決定，要看他的意思了。」

這件事是無法避開楊志欣的，如果楊志欣不幫忙，就算他把視頻給公開，頂多也只是把李廣武給扳倒而已，不一定能將那兩塊地從麗發世紀手中收回來，只好接受說：「那就請胡叔在楊副總理面前幫我多說幾句好話了。」

胡瑜非就當著傅華的面給楊志欣打電話，簡要地把情形說給楊志欣聽。楊志欣聽了，沉吟了一會兒，讓胡瑜非拿著視頻過去見他，說要看過視頻才能夠作出決定。於是胡瑜非讓傅華在他家等著，他帶著視頻去見楊志欣。

傅華帶著忐忑的心情在胡瑜非家等待回音，他不知道楊志欣究竟會做出什麼樣的決定，如果楊志欣同意按照他的意思去辦最好；如果楊志欣不同意的話，就意味著羅茜男這番心血完全白費了。

等待的時間是漫長的，不知道是這件事讓楊志欣難以定奪，還是楊志欣和胡瑜非要商量的事情很多，足足過了三個多小時，胡瑜非才回來。

傅華趕忙問道：「胡叔，楊副總理怎麼說？」

胡瑜非說：「你這番折騰沒有白費，瑜非看完視頻後，跟我商量了一下，決定按照你的建議去做，他把視頻跟高層作了彙報，高層經過研究，覺得李廣武的行為實在是太惡劣了，決定馬上對他採取雙規措施。」

聽胡瑜非說李廣武要被雙規了，讓傅華一掃這些日子壓在心上的陰霾，心情一下子敞亮了起來。

他忍不住叫了起來：「胡叔，這真是太好了，終於能把李廣武這個混蛋給整倒了。」

第八章

殺身之禍

傅華說：「曲副市長，您也不要這麼自責了，
你說的這個只不過是個由頭而已，
並不是這場悲劇的根源所在。
根源在於吳傾本人，不是他那麼不知檢點，
有那麼多情人，又怎麼會惹上這樣的殺身之禍呢？」

胡瑜非又說：「好消息還不止這個，志欣說，他會拿李廣武在視頻中講的那些話向北京市施壓，讓他們撤銷收回天豐源廣場和豐源中心這兩個項目土地的決定，怎麼樣，夠意思吧？」

傅華一時感慨萬千，發起愣來。他這些日子費盡心血折騰來折騰去，就是想要把這兩個項目的土地拿回來，但是事情進展並不順利，幾度到了山窮水盡要放棄的地步，之所以能耗到現在，完全是靠咬牙堅持，現在這番堅持總算沒有白費，終於可以得償所願了。

胡瑜非看他發愣的樣子，忍不住問說：「傅華，你怎麼了？我告訴你可以把土地拿回去了，你應該高興才對啊，發什麼呆啊？」

傅華不敢置信地說：「不是，胡叔，這幸福來得太快，讓我都有些不相信的感覺了。楊副總理真的能幫我把地拿回來嗎？」

胡瑜非笑說：「你就放心好了，志欣既然答應你，必然會幫你做到的，你就等著市政府撤銷收回土地的決定吧。」

傅華點點頭，說：「這真是太謝謝您了，胡叔。」

胡瑜非說：「你不用謝我，這完全是因為你的堅持才會有今天的結果，所以是你應得的。還有，傅華，你也別光顧著高興，拿回土地僅僅是第一步，接下來要解決的麻煩一點都不比拿回土地更容易。」

胡瑜非看了傅華一眼，說：「首先，就是即將要面臨的資金問題。熙海投資現在已經屬於你的了，以後的資金問題必須要靠你自己解決，天策集團是不會再伸出援手的。」

傅華怔了一下，且不說以後項目建設所需要的巨額資金，先說這兩個項目欠繳的土地出讓金就需要幾億的資金，對他而言無異是個天文數字，胡瑜非在這時候抽手不管的話，那他要解決資金問題的難度還真是不下於扳倒李廣武的程度。

傅華求助說：「胡叔，資金的問題，天策集團可以以持股的方式……」

「你不要說了，」胡瑜非立即打斷了傅華的話，說：「這件事沒有商量的餘地，這也是志欣的意思，他不想讓我和天策集團跟這件事再扯上什麼關係，那樣會讓人說他處理李廣武是為了給自身謀取利益的。」

看來胡瑜非和楊志欣利用這段時間商量了不少事，居然連這一層都想到了，傅華有些無奈的哦了一聲，說：「原來是這樣啊。」

胡瑜非開導說：「傅華，你也不要犯難，只要土地拿回來，你手裏就有了最根本的東西，只要運作得好，資金的問題會迎刃而解的。」

事情發展到這個地步，看胡瑜非的態度堅決，傅華也只好接受，幸好他也不是找不到別的管道來解決資金的問題，實在不行的話，他可以出售一部分項目，解決迫在眉睫的資金問題。就點點頭說：「行啊，胡叔，我會想辦法解決資金問題的。」

胡瑜非拍了拍傅華的肩膀，鼓勵他說：「傅華，你有頭腦，有堅持，我一直都認為你可以做出一番像樣的事業來的，所以努力去做吧，我相信你會成功的。」

傅華笑笑說：「謝謝胡叔，我一定不會辜負您的期望的。」

從胡瑜非家出來，傅華就打電話給羅茜男。

羅茜男也在等他的消息，所以電話一接通，羅茜男就急切地問道：「怎麼樣，你朋友怎麼說？」

傅華笑說：「李廣武完蛋了。」

羅茜男對僅僅是李廣武完蛋了還是不太滿意，追問道：「你朋友就跟你說這麼多嗎？」

傅華說：「當然不止啦，天豐源廣場和豐源中心那兩個項目我能拿回來了，我朋友說他可以讓北京市政府撤銷當初收回土地的決定，這兩個項目很快就會又屬於熙海投資了。羅茜男，找個時間我們談談吧，看看在這兩個項目上可以開展什麼樣的合作。」

羅茜男聽了，馬上說：「現在我就有時間，你在哪裡？我過去見你。」

傅華笑了起來，說：「不用這麼急吧？話說李廣武還沒被抓起來呢，市政府撤銷收回土地的決定也需要點時間，我們現在談這些似乎為時尚早啊。」

羅茜男不以為然地說：「我可不認為，我要在別人還不知道你可能拿回土地前，就趕緊跟你談好合作條件，這樣才能爭取最有利的條件。誒，傅華，怎麼說也是我冒險搞來的視頻幫你擺平了李廣武，你才有機會把項目拿回來的，你應該給我優待才對。」

傅華笑說：「好吧，既然你這麼說，那我們就見面談吧，我一會兒就回駐京辦，你去那裏找我吧。」

傅華回到駐京辦，過了沒一會兒，羅茜男就過來了，她握了握傅華的手，說：「祝賀你啊，傅華，你終於把項目給收回來了。」

傅華糾正說：「應該說祝賀我們才對，項目拿回來，豪天集團也可以參與開發，所以我們算是共同受益者。說吧，羅茜男，你想要的是什麼？」

羅茜男笑說：「我想要的多了，關鍵是你能給我什麼？」

傅華綜合考慮這兩個項目整體的發展狀況，按照原來的規劃設計，天豐源廣場是一個商住兩用的綜合大樓，豐源中心則是純為商用的辦公大樓。以目前北京地產的發展狀況下，傅華認為辦公大樓的市場將會更被看好的，所以在資金不足無法全部兼顧的前提下，他傾向保留豐源中心，將天豐源廣場處理掉。

傅華就說：「如果我把天豐源廣場讓你拿去發展，你願意支付多少錢給熙海投資啊？」

羅茜男看了傅華一眼，懷疑地說：「不會吧，你準備將其中的一個項目分給我？」

傅華點點頭說：「是的，就是這個意思。當然，這並不是沒有代價的，這下子你應該滿意了吧？」

按照傅華的設想，他將天豐源廣場轉讓給羅茜男，從而換取足夠付清土地出讓金的金額，他也就可以輕裝上陣，全力發展豐源中心這個項目了。

羅茜男聽了說：「你倒是挺大方的，不過我並不滿意。」

傅華愣了一下，說：「羅茜男，你可別貪心不足啊，雖然你功勞很大，但也不能漫天要價啊。」

羅茜男笑說：「我沒有漫天要價啊，我只是不滿意你提出來的合作方式，我想要的是更緊密的合作方式，而非像你說的分一個項目走。」

「更緊密的合作，」傅華不解地說：「我不是很明白你的意思，你說清楚一點，究竟是怎麼個合作方式？」

羅茜男說：「我的意思很簡單，就是我們豪天集團和你的熙海投資聯合組建公司，共同開發天豐源廣場和豐源中心這兩個項目，雙方按照持股比例承擔經營風險。」

羅茜男之所以想跟傅華合作，是她綜合分析了豪天集團自身的狀況才做出的決定。豪天集團剛涉足地產業，這方便的經驗還很欠缺，與其獨立支撐發展一個項目，不如跟傅華合作，這樣也可以在當中積累經驗。

還有一點，也是最重要的，發展地產業如果沒有政府的支持，根本就寸步難行，當初羅茜男爭取這個項目的時候，雎心雄還沒有被雙規，在政壇的人脈資源豐厚，可以保護豪天集團順利發展項目；但現在雎心雄被雙規了，雎才燾雖然沒有被追究責任，卻是落毛的鳳凰，無法再給羅茜男和豪天集團撐起一片天空來，羅茜男迫切的感到需要給豪天集團找一把能遮風擋雨的傘。

而傅華的情況恰好符合羅茜男的需要，羅茜男在和傅華接觸的過程中，對傅華的情況瞭解得一清二楚，知道傅華背後最大的靠山，就是新任國務院副總理的楊志欣，他是熾手可熱的當權派，向他靠近，對豪天集團的發展是最有利的。

另一方面，羅茜男會選擇跟傅華合作還有一個因素，就是她名義上的男友睢才燾。從睢才燾放任李廣武對她下手的那一天起，她就知道總有一天她要把睢才燾趕出豪天集團，她要讓睢才燾一無所有的離開。

雖然睢才燾因為睢心雄的倒臺，已經失去了他最大的權力基礎，但是瘦死的駱駝比馬大，睢才燾仍然可能搬來一些豪天集團無法應付的人物；跟傅華合作，羅茜男便有借傅華來壓制睢才燾的意思。

從羅茜男認識傅華的那一刻起，見到的都是睢才燾在傅華面前吃癟的樣子，傅華就像是睢才燾的剋星一樣，跟傅華合作，羅茜男就不用擔心收拾不了睢才燾了。

相較於羅茜男的合作方式，傅華卻遲疑了一下，他實際上更傾向跟羅茜男分開發展，豪天集團有黑道背景，雖然這幾年羅茜男將豪天集團帶上正軌，但有些地方仍不改黑道作風，就像這次對付李廣武，傅華絕不會使用毒品這種手段，這遠遠超出他可以接受的範疇，因此傅華並不想跟這樣一家集團深度合作。

同時，傅華不願意跟羅茜男合作還有一個因素，也是考慮到雎才燾。羅茜男和雎才燾的決裂是遲早的事，看羅茜男的意思，是想把雎才燾注入豪天集團的資金給併吞了，雎才燾一定會與羅茜男有一場激烈的博鬥；如果他跟豪天集團合作的話，將來必然會是一個麻煩。

傅華不想過多的跟豪天集團接觸，以避免惹上雎才燾這個不必要的麻煩。他笑了一下，說：「羅茜男，我還是覺得分開發展比較好，我們兩家公司以前沒有什麼交集，也沒什麼合作的基礎，非要硬湊在一起，並不是一件好事。」

羅茜男不滿地說：「傅華，你這樣可是很不夠意思啊，你可別忘了，沒有我搞來的那份視頻，你根本就無法扳倒李廣武，也無法將項目拿回來。現在你利用完我了，就想把我給甩開了是嗎？」

傅華趕忙澄清：「羅茜男，你這麼說不公平啊，我不是分了一個項目給豪天集團了嗎？難道這還不夠意思嗎？」

羅茜男冷笑一聲，說：「這就叫夠意思嗎？你當我不知道你在想什麼啊，你不願意跟豪天集團合作，一來是覺得豪天集團出身背景不正，會影響到你們熙海投資的形象；二是覺得還有睢才燾這個大麻煩在，你不想惹麻煩上身。」

羅茜的冰雪聰明，讓傅華十分訝異，他沒想到羅茜男充如此聰明，立即看透他心底在想些什麼。

羅茜男看傅華愣住的樣子，得意地說：「看你發愣的樣子，就是被我說中了。」

既然被羅茜男看穿了心底所想，傅華也不想去掩飾什麼，就點了一下頭，說：「好吧，我承認你猜到了我不想跟你合作的理由了，既然你都知道我的意思，那是不是就不要強求我跟你合作啦？」

羅茜男卻搖頭說：「那可不行，我堅持雙方共組公司的方案。傅華，我已經盡力將豪天集團帶上正軌了，我可以跟你保證，豪天集團在跟你合作的期間，絕對不會做影響公司聲譽的事的。」

他說：「這個嘛……」

見傅華還在遲疑，羅茜男就有點著急了，說：「傅華，你別這樣好不好？如果你不跟我合作的話，那豪天集團恐怕也沒能力拿走天豐源廣場這個項目的。我也不怕跟你承認，豪天集團現有的資金很大一部分是來自於雎才燾，如果剔除了他的資金，豪天集團本身的實力是無法發展天豐源廣場這個項目的。」

傅華反駁說：「你也可以不剔除啊？」

羅茜男搖搖頭，說：「你如果不跟我合作的話，我是不敢把雎才燾留在豪天集團的，我要跟你合作，其實也是想借助你身後的官方背景壓制雎才燾。你也知道豪天集團是怎麼發家的，我們跟官方並沒有太多的聯繫；雎才燾則不同，雎家跟官方有著千絲萬縷的聯繫，如果他非要跟我拼個魚死網破的話，我和豪天集團恐怕不是他的對手。」

羅茜男說到這裏，看了傅華一眼，說：「所以，你如果不跟我合作的話，我必然要趕緊跟雎才燾分道揚鑣，那時候我恐怕要讓他帶走注入豪天集團的資金，你現在其實很需要資金支持吧？」

傅華不想承認他需要這筆資金，就笑了一下說：「我怎麼會需要呢，熙海投資資金充足著呢。」

羅茜男白了眼傅華說：「好了傅華，別在我面前裝了好嗎？你當我不知道你組建熙海投資實際上是為楊志欣解套的嗎？楊志欣和胡瑜非並沒有要發展這兩個項目的意思，這也是為什麼楊志欣雖然當上了副總理，卻依然會坐視李廣武收回土地的主要原因。」

傅華不服氣地反駁說：「那你也不能說熙海投資就沒有繼續發展項目的資金啊？」

羅茜男分析說：「胡瑜非和楊志欣都是極為精明的人物，他們絕對不會為了你，占用大量天策集團的資金的，因為這對他們並沒有任何意義。所以我估計的不錯的話，天策集團注入熙海投資的錢應該是很有限的，這部分錢可能都支付給天豐置業，作為購買項目的資金了。」

傅華佩服地說：「羅茜男，你確實夠聰明。好吧，就算是你說對了，我需要資金，但是也不一定非要跟你合作啊，我大可以把天豐源廣場賣給別人，這樣我不就有了足夠的資金了嗎？」

羅茜男說：「當然可以，不過，那樣你就還不了我的人情了，欠人情不還的滋味可不好受啊。其實這件事情對你來說是一舉兩得，既拿到了資金，又還了人情，何樂而不為呢？」

這份人情確實不好欠，而且，就算有機會將天豐源廣場賣給別人，恐怕也不是短時間內就能解決的，傅華不禁搖頭說：「羅茜男，我怎麼有一種被你拖下水的感覺啊？」

羅茜男驚喜地說：「誒，這麼說你同意了？」

傅華點點頭，說：「我同意了，我們既然合作把李廣武給扳倒了，也算是戰友了，我也不好意思看著你獨自去面對睢才燾這個卑鄙的傢伙，那我們就繼續合作吧。」

隔了一天，李廣武被雙規的新聞就報導了出來。報導中並沒有隻字片語提到視頻的事，只說北京市副市長李廣武涉嫌違規，正在接受組織的調查。看來那份視頻中，李廣武的表現實在是太過惡劣了，官方為了顏面，並不準備將視頻予以公開。

與李廣武被雙規的新聞同時報導的，還有另外一條新聞，那就是麗發世紀的總經理衛一鳴被有關部門請去協助調查，報導裏分析說，衛一鳴最近為了土地拍賣的事跟李廣武走得很近，推測衛一鳴很可能是涉及李廣武一案，才會被請去協助調查的。

傅華在駐京辦的辦公室裏看報紙看到了這兩條消息，立時會心的一笑。李廣武和衛一鳴一起被有關部門調查，肯定是因為那兩塊地拍賣的事情了，兩人被抓，說明那兩塊地的拍賣存在問題，接下來必然會有補救方案，看來將這兩塊地拿回來是指日可待了。

傅華正在高興著呢，他的手機響了起來，一看是副市長曲志霞的號碼，他愣了一下，曲志霞這個時間應該在北大上課啊，怎麼會打電話找他啊？難道是出了什麼事嗎？

傅華趕忙接通電話，說：「曲副市長，您找我有什麼事嗎？」

曲志霞有些急促的說道：「傅主任，你看了今天的報紙沒有？」

傅華說：「我正在看呢，怎麼了？」

曲志霞又急急問道：「那你有沒有看到報導說吳傾被殺了？」

「什麼，吳傾被殺了？」傅華驚訝的問道：「怎麼回事啊，吳傾怎麼會被殺了呢？」

曲志霞緊張地說：「我是剛剛聽校方講的，具體情況我也不太清楚，校方並沒有作出詳細說明，只對外宣稱吳傾昨晚被人殺害了，案件正由警方偵辦當中，雖然校方沒說誰是嫌疑人，但我猜這件事一定跟田芝蕾有關。」

傅華一邊聽曲志霞講話，一邊開始翻動手中的報紙，很快，他就找到了關於吳傾被殺的新聞報導。報導的內容大致上跟曲志霞講的大同小異，說是北大一著名教授昨天深夜在教室裏慘遭殺害，兇手不明。

傅華說：「我看到報導了，曲副市長，不過上面沒點明吳傾的名字。您跟我說這件事，是想要我做什麼嗎？」

曲志霞說：「是的，傅主任，我有些事情想要麻煩你一下。你現在是在辦公室是吧？」

傅華說：「對啊，我正在辦公室。」

曲志霞說：「那你在辦公室等我，哪也別去，我正在往回趕，一會就能回去，有些事情我需要當面跟你講。」

傅華說：「好的，我等您就是了。」

放下電話後，傅華想到曲志霞之所以這麼緊張，一定是擔心由吳傾那裏會有什麼線索牽連到她身上。不過曲志霞找他要做什麼啊？這件事他也沒什麼能幫忙的地方啊？

曲志霞很快來到傅華的辦公室，一臉著急的神色。

她一走進來，就把門趕緊關上，然後看著傅華說：「傅主任，這次你可一定要幫我啊。」

傅華一頭霧水地說：「曲副市長，您先別這麼慌張，有話慢慢說，您要我幫您的忙，幫什麼忙啊？」

曲志霞嘆說：「你可能已經知道了，我跟吳傾是情人關係，還有田芝蕾那個女人也是吳傾的情人，我很擔心警方會在吳傾那裏找到一些與我有關的東西。你知道，這種事如果曝光的話，對我的工作和家庭都是一個極大的損害。」

傅華說：「這我知道，只是我不知道我能幫您做些什麼？」

曲志霞拜託說：「我想知道警方對這件事究竟掌握了些什麼，你對北京地面熟悉，能不能找人幫我瞭解一下案情，讓我心裏也好有個底。」

傅華想了想，想到有個人可以幫他瞭解案情，就是北京市刑偵總隊的副總隊長萬博，當初他就是在萬博的幫助下，才從黎式申的槍口下脫險的。

傅華就點點頭說：「好的曲副市長，我馬上就幫你找人問問。」

曲志霞催促說：「你趕緊去吧，不過，記住千萬不要提到我的名字，知道嗎？」

傅華就去了北京市刑偵總隊，找到了萬博。

萬博看到傅華，意外地說：「稀客啊，傅主任怎麼有空來刑偵總隊？」

傅華說：「萬隊長，我是無事不登三寶殿，今天是有點私事想要您幫忙的。」

萬博聽了說：「有話就說，跟我就不用客套了。」

傅華說：「是這樣子的，昨晚北大有一個教授被殺，我想向您瞭解一下相關的案情，兇手有沒有抓到？」

萬博回想了一下，說：「這個案子我知道，死者叫做吳傾，是北大的名教授，兇手目前已經鎖定了目標，正在審訊當中。咦，你打聽這個幹什麼？現在這個時間點可是很敏感啊，你專門跑來問我，不會是你也涉案了吧？」

傅華趕忙擺手否認說：「我跟吳傾可沒什麼聯繫，但是我一個朋友怕被牽連到，就想問問情況，看您能不能幫我瞭解一下。」

萬博說：「那我幫你問問承辦人吧，你等我一會兒，我去跟辦案人員瞭解一下。」

萬博就離開辦公室，去找承辦人去了。

半個小時後，萬博回來，問道：「你那個朋友叫做曲志霞吧？」

傅華不好意思地說：「您都知道了啊？」

萬博笑笑說：「要知道這些，一點難度都沒有，只要把與吳傾相關的人找出來，看看誰與你有關聯，答案就不言自明啦。吳傾的一名學生正好是海川市的副市長，你的頂頭上司嘛，不用說，我也知道讓你來的就是她了。為什麼我們的這位女副市長要緊張啊？」

傅華回說：「是的，因為她跟吳傾有曖昧關係，擔心這件事會因而曝光，她是政府官員，如果這種事曝光的話，對她的前途是很不利的。」

萬博不禁搖頭說：「現在這個社會真是亂套了啊，一個名教授而已，卻有這麼多女學生跟他有曖昧關係，這到底是學校還是窯子啊？」

傅華感慨說：「學校實際上就是一個小社會，教授有能夠主宰學生命運的能力，就等於是擁有權力的官員一樣，自然有獻媚者想盡辦法討好他們了。而這些教授們則是忘記了所謂的師道尊嚴，於是就有這些亂套的行徑出來了。」

萬博認同地說：「你說的真對，有些教授確實不是個東西，這也是社會整體沉淪的一個表現啊。誒，你來幫她打探情況，看來這個曲志霞跟你關係不錯啊？」

傅華說：「確實不錯，她對我的工作很支持，我不想看到她出什麼狀況，所以萬隊長，在不違背原則的前提下，就麻煩您關照她一下吧。」

萬博爽快地答應說：「行啊，反正既然確定她不是凶手，有些小地方我會想辦法幫她掩飾一下的。」

傅華感激地說：「那我先謝謝您了，萬隊長。」

萬博笑笑說：「小事一樁，不過是筆錄上稍微注意一點罷了，無需跟我這麼客氣的。」

傅華看了看萬博，說：「聽您的意思，似乎已經確認兇手是誰了？」

萬博點了一下頭，說：「確認了，凶手也是吳傾的學生，也是他的情人之一，叫做田芝蕾，剛才經過審訊，她坦承是因為懷疑吳傾又有了新的情人，跟吳傾在言語間產生了爭執，一怒之下失去控制，就用刀子連捅了吳傾十幾刀，吳傾連反應都沒反應過來就直接斃命。」

傅華眼前浮現出那天去駐京辦的田芝蕾的樣子，那個女人雖然有些傲慢無禮，但還是一個柔弱的女子，沒想到在這種因愛生恨的狀況下，竟然對吳傾下這樣的狠手，連捅他十幾刀，將他給殺死。傅華想到了在某本書上看到的一句話：不僅恨能殺人，愛也是能殺人的。

事情瞭解清楚了，傅華就回駐京辦，曲志霞還在辦公室裏等著他，看到傅華，急忙問道：「怎麼樣，瞭解到什麼情況沒有？」

傅華說：「瞭解到了，就是你那個師妹田芝蕾做的。她懷疑吳傾有了新的情人，非要吳傾說清楚，兩人就發生了爭執，她一怒之下連捅吳傾十幾刀，從而導致吳傾當場斃命。」

曲志霞的臉色變成一片慘白，自責不已地說：「都是我害了吳傾啊。」

傅華不解地說：「曲副市長，這怎麼能夠怪您呢？」

曲志霞苦笑說：「要怪我！那天田芝蕾闖來駐京辦，我當時正跟吳傾在酒店幽會呢，但是在田芝蕾面前我沒有承認，就讓田芝蕾以為吳傾有了新的情人，最終釀成這場悲劇，所以這件事都要怪我。」

傅華勸慰曲志霞說：「曲副市長，您也不要這麼自責了，你說的這個只不過是個由頭而已，並不是這場悲劇的根源所在。根源在於吳傾本人，要不是他那麼不知檢點，有那麼多情人，又怎麼會惹上這樣的殺身之禍呢？」

曲志霞臉色立時變紅了，尷尬地說：「傅主任，你是不是覺得我是個很賤的女人啊？」

傅華這才發現剛才的話打擊面太大，把曲志霞也捎帶其中了，乾笑了一下說：「不好意思啊曲副市長，我可沒指責您的意思。」

曲志霞苦笑說：「你不用不好意思，我本來就是個賤女人。我迷戀吳傾，把家庭和工作都置之腦後，之所以還有點分寸，其實是在你的提醒下才產生的。」

傅華看曲志霞精神狀態很差，有些情緒崩潰的樣子，就給她打氣說：「曲副市長，人一輩子難免都會做點蠢事，永遠不犯錯的只有神，人是做不到的。好在這一切都已經過去了，您不要太把這些放在心裏，您應該做的是，把吳傾和田芝蕾這一頁給揭過去。」

曲志霞露出苦澀的表情，說：「能揭得過去嗎？我怕是這輩子都難以忘記這件事的。」

傅華開導說：「曲副市長，一定可以的，等過了這一陣子，您回過頭來再想一想，就會覺得事情沒什麼的。對了，我拜託我朋友了，他說會幫您處理，儘量在筆錄裏面少提到您的。」

曲志霞感激地說：「傅主任，謝謝你了，幸好有你在我身邊，要不然我真的不知道該怎麼辦了。」

海川市市委，孫守義辦公室。

孫守義正在批閱公文，桌上的電話響了起來，是省委組織部白部長的號碼，趕忙接通了。

「您好，白部長，有什麼指示啊？」

白部長說：「守義同志，也沒什麼指示，就是有件事要跟你說一下，省委馮書記推薦了海川市定策縣的縣長郭家國同志出任海川市副市長。」

「郭家國？」孫守義疑惑的道：「馮書記怎麼會選擇他來出任海川市的副市長啊？」

孫守義對郭家國這個人印象並不深，只知道他是海川市一個老資格的縣長，資質平庸，守成有餘，開拓性不足，在定策縣做了很多年的縣長，定策縣也沒有什麼大的改觀。如果讓孫守義推薦的話，他是絕對不會推薦這樣一個人的，因此很奇怪馮玉清怎麼會選擇了這麼一個人。

白部長說：「據說是姚巍山同志專程到省裏跟馮書記推薦的。」

孫守義並不清楚姚巍山怎麼會跟郭家國扯上關係，猛地就推薦郭家國出任海川的副市長，還真有點讓人出乎意料。看來姚巍山有不少事在瞞著他進行，孫守義心中暗自警惕，可千萬不要讓姚巍山暗中把他這個市委書記執政海川市的基礎給動搖了。

白部長打這個電話來，估計也是提醒他要注意這一點的意思，就笑笑說：「原來是這樣啊，我心中有數了，白部長。」

白部長說：「你心中有數就好，掛啦。」

白部長掛了電話之後，孫守義不禁思考起姚巍山為什麼會選擇郭家國來做副手。

老實說，孫守義並不覺得姚巍山這一手玩得很高明，主要是因為姚巍山用的郭家國這個人。在孫守義眼中，把郭家國這樣一個人推上來，並不會對姚巍山有太大的幫助，但是姚巍山卻鄭重其事地跑去省裏向馮玉清推薦了這個人，這又是為什麼呢？

難道說姚巍山僅僅是想用一個可靠的人嗎？事情應該沒有這麼簡單，姚巍山一定還有其他的盤算。孫守義雖然猜不透姚巍山這麼做的意圖是什麼，但他心中卻明白一點，那就是姚巍山已經開始構建他的執政班底了。

對此，孫守義倒並不是太介意，他知道這是姚巍山要做好市長必須要走的一步。現在姚巍山已經坐穩了市長的寶座，必然也要做出一些市長要做的事。

實際上，孫守義也不願意故意去設置障礙不讓姚巍山有所作為，他這個市委書記現在的目標已經往上高看一線了，他需要儘快做出政績，讓自己有機會晉升到省裏，而非跟姚巍山在海川市纏鬥不休，因此只要姚巍山能夠給他足夠的尊重，他也不是非要跟姚巍山較勁的。

目前來看，姚巍山這步棋對他這個市委書記倒沒有什麼威脅性，對此孫守義覺得還是靜觀其變比較好。目前他還看不透姚巍山的意圖，只好等姚巍山有進一步的舉措之後再來想應對之策吧。

第九章

自尋煩惱

傳華說道：「胡副市長，您不覺得這是在自尋煩惱嗎？」
胡俊森說：「我哪裡是在自尋煩惱啊，
姚巍山現在看我那麼不順眼，我沒有一天好日子過。」
傳華不以為意地說：「那又怎麼樣呢？」

海川市政府，姚巍山辦公室。

姚巍山笑著李衛高握了握手，說：「老李啊，我這一次能夠當選海川市市長，真是要謝謝你了。沒有你給我送來的馬到成功符，恐怕我這一次真的是懸了。」

雖然姚巍山對李衛高送給他的馬到成功符究竟起沒起作用，心中還是半信半疑的，但是李衛高事先講明他最終一定能夠當選，這點倒沒有講錯；果然，歷經波折，他還是當選了海川市市長，因此也無法說李衛高給他的符就一定沒用。

還有一點，李衛高點出了他之所以選舉出現波折，是因為有小人在背後搞鬼，事實證明確實是胡俊森這個小人在背後算計他。就這一點，姚巍山不得不承認李衛高還是有些神通。也難怪那些名人會把李衛高奉為神明，這傢伙確實有兩把刷子。因此姚巍山對李衛高的感謝，四分是出於禮貌，倒有六分是由衷感激的。

李衛高得意地說：「姚市長，跟我就不要這麼客氣了。作為朋友，我也應當幫忙的。」

姚巍山就把李衛高讓到沙發那裏去坐了下來，然後說：「老李，你這次去香港怎麼待了這麼長時間啊？」

原來李衛高在那天送來馬到成功符之後的第二天，就被朋友邀請飛去了香港，昨天才從香港回到乾宇市。這也是為什麼選舉過後這麼長時間，姚巍山才得以見到他的緣故。

姚巍山早就想跟李衛高見面好好談一談，原因很簡單，姚巍山認定了胡俊森是在他背後搞鬼的小人，便想從李衛高這裏找到什麼辦法對付胡俊森，即使沒有什麼招數對付胡俊森，起碼能阻止胡俊森對他的傷害。

李衛高說：「我早就要回來的，但是香港的一些富豪朋友聽說我去，紛紛托人約時間跟我見面，要我幫他們指點迷津，搞得我一直沒辦法抽身，直到昨天我一定要回來處理事情，他們才放我走。誒，姚市長，你知道這次我見到誰了嗎？」

姚巍山知道李衛高這是在向他炫耀，就故意開玩笑說：「誰啊，不會是香港首富李嘉誠吧？」

「還真叫你猜中了，」李衛高欣喜地說：「這次我還真是見到了李嘉誠呢！姚市長，我李衛高這輩子很少服人，但是李嘉誠真是令我心服口服啊，你看，他是頂級富豪了吧，可是一點富豪的架子都沒有，人極為和善……」

姚巍山不知道李衛高是不是真的見到了李嘉誠，他也沒心情去聽李衛高講什麼見到李嘉誠的情形，便打斷了李衛高的講話，說：「老李啊，李嘉誠的事我們以後再聊吧，今天我想跟你談的是跟我搗鬼的這個胡俊森的事。」

李衛高批評說：「姚市長，您這樣子可不行啊，我看你怎麼有點沉不住氣了？」

姚巍山忿忿地說：「這個氣我沒法沉住，你知道嗎，每次見到這傢伙，我心裏就很不對勁，總是忍不住擔心他又在背後搞什麼小動作；偏偏我還得對他裝出一副感激的樣子，讓我實在是受不了了。老李啊，你趕緊幫我想個辦法把他從我身邊弄走吧，不然我非給這傢伙搞瘋掉不可。」

李衛高心說：我哪有什麼好辦法能幫你將他弄走啊，我不過是善於揣摩人的心理，知道事態會往什麼方向發展而已。

此外，李衛高也不想讓姚巍山去跟胡俊森勾心鬥角，這對姚巍山十分不利。姚巍山新當選海川市市長，應該趕緊穩固執政基礎，而非跟胡俊森纏鬥。李衛高之所以跟姚巍山傾心結交，是希望能夠通過姚巍山做一些圖利他的事，因此胡俊森的問題根本不在他的關心範圍之內，也不符合他的利益。

李衛高就勸阻說：「姚市長，您千萬不要這樣。你要知道，您現在的運勢正旺，那些小人是剋不住你的，胡俊森就是這樣，他雖然搞一些小動作出來，卻無法給您造成什麼傷害，既然這樣，你就選擇無視他好了，沒有必要非把他怎麼樣的。」

「無視他？」姚巍山不同意李衛高的說法，生氣地說：「我無視得了嗎，他作為我的副手之一，三天兩頭在我眼前亂晃，我怎麼能無視啊？老李，你還是幫我想想辦法怎麼除掉他比較好。」

李衛高卻不為所動，說：「姚市長，我勸你還是不要這麼想比較好。有些人和事你如果不去理會的話，很可能就自生自滅了；但是你如果去撩撥他的話，反而可能激起他對你的反抗，鬥下去的結果，最終成為你的心腹大患。聽我一句勸，別理會他就是了。」

姚巍山有些生氣地說：「老李，你這麼說是不是我還拿他沒轍了？」

李衛高笑笑說：「不是拿他沒轍，而是他不值得你去重視，你把心胸放寬一點，什麼事情就都沒有了。」

「我把心胸放寬一點，這樣就能讓胡俊森不搗鬼了嗎？」姚巍山疑惑地說。

李衛高自然不能把話說死，圓滑地說：「我不是說胡俊森就一定不會搞鬼了，而是說他就算搞鬼，也不能妨礙到你的，頂多讓你不舒服一下而已。」

姚巍山仍然心有不甘地說：「老李，這樣子不行啊，我對他不放心，總覺得他不知道又在背後搞什麼鬼。」

李衛高不置可否地說：「姚市長，我講個故事給你聽吧。」

姚巍山笑了，說：「你要講故事給我聽，什麼故事啊？講故事就能讓我對胡俊森放心了嗎？」

李衛高說：「這是一個佛家的故事，我想你聽完應該會有所啟迪的。話說釋迦牟尼佛在世的時候，有一位婆羅門兩手各拿了一大朵花前來獻佛。佛陀大聲地對婆羅門說：『放下！』婆羅門聽從指教，將左手拿的那朵花放下。佛陀又說：『放下！』婆羅門將右手的花也放下了。佛陀又說：『放下！』婆羅門無奈地回答：『我已經兩手空空，沒有什麼東西可以再放下了，為何您還要我放下？』佛陀聽了他的話說：『我的本意並不是讓你放下手中的花朵，而是讓你放下六根、六塵和六識。只有當你將這些都放下時，才能從生死輪迴中解脫出來。』」

李衛高講完，卻見姚巍山一臉迷惑的表情，說：「老李啊，我不太明白你的意思，這個故事跟我和胡俊森的事好像並不相關啊？」

李衛高解釋說：「哎呀，姚市長，您怎麼就是不明白呢。我都跟您說了，您現在運勢正旺，胡俊森就是再搞鬼也不能對您怎麼樣的。而你始終對他耿耿於懷，只是因為你心中放不下對他的怨恨，這個怨恨蒙蔽了你的心智，成為你的執念，你只有把他放下，才能卸掉心中的包袱，也才能有更好的前進。」

李衛高又開導姚巍山說：「您現在是海川市的市長了，應該要想的是怎麼做出一番政績來，而非去把一個無關緊要的副市長給整掉。您明白我的意思吧？」

姚巍山總算有些聽進去了，說：「我明白了，也許你說得對吧，我現在思路是有點走進死胡同了，應該試著放下一些東西。」

李衛高欣慰地說：「您明白就好，叫我看，您現在應該趕緊想辦法給海川市搞幾個大項目來，證明一下您這個市長的能力。」

姚巍山無奈地說：「這個我也想啊，但是現在這個形勢，全國各地都在招商，要想找個有影響的大項目，哪有那麼容易？」

李衛高笑說：「這我倒可以幫得上忙，我這次去香港，有一個朋友向我諮詢了一些在內地投資建廠的問題，他的公司實力雄厚，投資規模很大，等回頭我幫你引薦一下吧。」

不得不說李衛高真是他的救星，對他提供了很多的幫助，姚巍山感激地說：「那太好了，謝謝你了，老李。」

北京，晚上八點，胡瑜非家。

胡瑜非、楊志欣和傅華正坐在一起泡茶。茶是楊志欣帶來的溈山毛尖。溈山毛尖產於湖南省寧鄉縣水溈山的溈山鄉，溈山為高山盆地，自然環境優越，奇峰峻嶺，常年雲霧飄渺，罕見天日，素有千山萬山朝溈山，人到溈山不見山之說。

溈山產茶歷史悠久，遠在唐代就已著稱於世，絲毫不輸武夷、龍井。

胡瑜非喝了一口茶後，讚嘆說：「志欣，你帶來的這個溈山毛尖的味道就是不同啊，你帶來的這種特供茶葉，比市面上買到的可真不是一點半點的好喝啊。」

楊志欣笑說：「如果跟市面上買得到的品質一樣，那就不叫特供了。不過，也就是你這樣嘴刁的人才能夠品出其中的細微差別。」

胡瑜非自誇地說：「那倒是，我這輩子喝過多少好茶啊，再不知道其中的差別，那豈不是白喝了。」

傅華只是坐在一旁默默地喝茶，聽兩人的對話，他知道溈山毛尖是好茶，香氣芬芳濃郁，滋味醇甜爽口，絕非凡品，只是他不像胡瑜非那樣，嘗得出這茶與市面上的溈山毛尖有什麼差別。因為他還是第一次喝這種特供的茶呢。

「誒，傅華，」這時楊志欣看了看傅華說：「我已經跟市政府方面溝通好了，他們最近幾天就會撤銷那份收回土地的決定，天豐源廣場和豐源中心這兩個項目將會重歸熙海投資所有。」

傅華趕忙回說：「謝謝楊副總理了。」

楊志欣說：「你別再叫我楊副總理了，這個稱呼讓我聽著很彆扭，這樣吧，你就跟稱呼瑜非胡叔一樣，叫我一聲楊叔吧。」

傅華巴不得跟楊志欣更親近一些，就笑笑說：「好的，楊叔。」

楊志欣接著說：「土地拿回來之後，你要儘快將土地出讓金繳清，千萬不要拖。你要知道，這兩塊地很多人都在盯著，如果不及時將事情處理妥當，我可不敢保證會不會有新的變故產生。」

傅華點點頭說：「好的楊叔，只要我將地拿回來，就會盡快把地價款繳清的。」

胡瑜非不禁看了傅華一眼，說：「傅華，這筆款項要幾億呢，你拿什麼繳清啊？」

傅華胸有成竹地說：「胡叔，我已經找到合作夥伴了。所以籌措資金不成問題。」

胡瑜非訝異地說：「合作夥伴？是哪一家公司啊？」

傅華說：「豪天集團。」

「豪天集團？」楊志欣愣了一下，說：「傅華，你怎麼和豪天集團扯上關係了？據我所知，豪天集團的資金很大一部分是來自於雎才燾。」

傅華老神在在地說：「這我知道，楊叔。」

楊志欣也忍不住說：「你知道還這麼玩？你這可是有點在玩火啊。」

傅華何嘗不知道他是在玩火啊，但是現在他也沒有別的選擇，這不僅僅是因為他答應了羅茜男要合作，還有一點是，匆忙間他也無法再找一家公司給他提供足夠的資金繳納土地款。

傅華笑笑說：「我倒不覺得這是在玩火，除非雎才燾的資金並不安全。」

楊志欣說：「目前看你倒是無需擔心這一點，有關方面既然承諾了睢心雄不去動睢才燾，睢才燾的資金財產就不會有什麼問題。我擔心的是你能不能掌控睢才燾的問題。你要知道，睢家的人可不是那麼好對付的。」

傅華很有自信地說：「這您可以放心，我能夠對付得了睢才燾的。」

楊志欣聽了，說：「行，你要這麼玩就玩吧。我相信你能掌控住局面的。誒，瑜非，你這裏還有什麼事嗎，沒有的話我要回去了。」

胡瑜非說：「我沒有了。傅華，你還有什麼事需要志欣辦的嗎？」

傅華靦腆地說：「我倒是有件事想麻煩楊叔一下，就是不知道楊叔願不願意幫我這個忙啊？」

楊志欣笑說：「說來聽聽吧。」

傅華說：「海川市裏最近搞了一個海川新區，我們市領導很期望能夠有機會把這個新區的情況跟楊叔您彙報一下。」

這件事，胡俊森已經纏了傅華好久，傅華一直沒逮到機會跟楊志欣提起這件事，今天正好跟楊志欣面對面，所以趁機提了出來。

楊志欣笑了，狐疑地說：「彙報一下，不會這麼簡單吧？你們市裏面是想從我這裏要什麼政策的吧？」

傅華不好意思地說：「您聖明。」

楊志欣說：「面倒是可以見，不過政策能不能給就不好說了。政府正好想做一些經濟方面的調研，好為制定下一步的經濟政策做準備，你讓那個同志來北京吧，我會聽他的彙報的。」

從胡瑜非家中出來，傅華趕緊打電話給胡俊森，把這個消息告訴胡俊森，想讓胡俊森先做好準備工作。

胡俊森聽了卻沒有太興奮的表示，只是淡淡的說：「好的，傅華，我會做好準備工作的。」

胡俊森的反應讓傅華很不是個滋味，本來想辦成這件事，應該讓胡俊森很高興才對，哪想到胡俊森卻是這麼冷淡。

傅華心想：胡軍森這是怎麼了，要不是你再三的求我，我何必去求楊志欣？你當楊志欣是好求的人嗎？人家可是副總理啊。我好不容易才讓楊志欣願意見你，你卻這個態度，起碼反應熱烈一點啊?!

於是傅華很冷淡的說：「那好，胡副市長，就這樣吧。」

胡俊森察覺到傅華的不高興，意識到自己怠慢了傅華，趕忙解釋說：

「傅華，不好意思啊，你幫我聯繫上楊副總理，我還是很高興的，只是我現在在海川市的處境有點微妙，所以就有點高興不起來。」

聽胡俊森說他處境很微妙，傅華就明白是怎麼一回事了。胡俊森在市長選舉中玩了一齣跳票的戲碼，肯定是惹來姚巍山的不滿了。不過據傅華打聽到的消息，姚巍山在選後對胡俊森的態度還可以，按說胡俊森不至於這麼尷尬吧？

傅華就說：「沒什麼啦，胡副市長。不過我聽說姚市長在選後對您還是挺尊重的啊，您怎麼會處境尷尬呢？不會是您自己想複雜了吧？」

胡俊森苦笑了一聲，說：「傅華，你遠在北京不知道狀況，姚巍山表面上對我很尊重，但那只是表面而已，我注意到他臉上雖然帶著笑，看我的眼神卻是森冷的，我想他心中一定恨得我要死，恨不得將我馬上趕出海川。哎！說起來這都怨你。」

傅華納悶地說：「胡副市長，是姚巍山看您不順眼，又怎麼能怪到我頭上呢？」

胡俊森抱怨說：「我怨你，是因為你不勸我放棄跟姚巍山爭這個市長，如果我當時接受代表們的舉薦，站出來跟他一決高下，就算最後輸了，受這種窩囊氣也不冤。現在倒好！姚巍山不待見我，那些舉薦我的代表們對我也是一肚子氣，搞得我兩頭不是人。」

傅華聽了，笑說：「這您就受不了啦？」

胡俊森唉聲嘆氣地說：「是啊，我是受不了，我長這麼大，還從沒受過這種窩囊氣呢。」

傅華忍不住開玩笑說：「那您現在受受也不錯啊，挫折能夠讓您走得更遠的。」

胡俊森苦著臉說：「還走得更遠呢，我正在考慮是不是找省委領導將我從海川調走呢，我不想繼續在這個讓人鬱悶的氣氛中待下去了。」

傅華沒想到胡俊森的抗壓能力這麼差，這麼一件事就讓他想要調離海川，可能他前面的經歷太順遂了，所以稍微遭遇到一點挫折就想繳械投降。

傅華就故意說：「好啊，胡副市長，祝福您能調到一個所有人都以你為中心的地方，這樣您肯定做什麼都能一帆風順的。」

胡俊森知道傅華說的是反話，抱怨說：「這世界上哪有所有人都以我為中心的地方，你當我是太陽啊？你這傢伙太差勁了，明明知道我心情鬱悶，不但不開解我，還說反話來譏諷我，這哪像一個朋友該做的事情啊?!」

傅華笑說：「您都要當逃兵了，我又怎麼開解你啊？」

胡俊森苦惱地說：「我那只不過是說的氣話而已，你以為省委領導都聽我的話，我想調走就調走？好了傅華，你還是別在那看我的笑話了，趕緊幫我出出主意，看我現在要怎麼辦才是。」

傅華不禁說道：「我的胡副市長，這根本就不用我幫您出什麼主意，您不覺得您這是在自尋煩惱嗎？」

胡俊森皺著眉道：「我哪裡是在自尋煩惱啊，姚巍山現在看我那麼不順眼，我根本沒有一天好日子過。」

傅華不以為意地說：「那又怎麼樣呢？」

胡俊森叫道：「那又怎麼樣，你的頂頭上司處處看你不順眼，你說怎麼樣？換了是你，你能感覺舒服嗎？」

傅華點頭說：「肯定不舒服。」

胡俊森嗤了聲：「那不就得了！」

傅華笑說：「胡副市長，這好像不是您的風格啊，您什麼時候在意過別人的看法了？」

胡俊森大嘆說：「是啊，以前我不太在乎別人的看法，但那是以前在民間企業的時候養成的習慣，進了官場之後，我才發現不在乎別人的看法是不行的，尤其是對那些做領導的，更是不行，你不在乎他的看法，他馬上就能給你眼色看的。」

傅華心裏暗自好笑，看來這段時間的副市長做下來，胡俊森成熟了很多。傅華就笑笑說：「胡副市長，這次我倒是覺得您真的沒必要去在乎姚市長的看法的。」

胡俊森納悶地說：「為什麼呢？」

傅華說：「因為就算您在意他的看法，他也不會因此就對您有所改觀的，他看你不順眼還是看你不順眼，你不在意他，煩惱的就是他了，所以何必自尋煩惱呢？」

胡俊森心煩地說：「我是擔心他會給我眼色看。」

傅華聽了說：「我倒覺得不會，您在市長選舉中放棄了代表們對您的推薦，還請推薦您的代表們投他一票，您這也算是幫了姚市長忙，他如果給您眼色看，會讓人覺得他忘恩負義的，所以我覺得您現在大可以該做什麼就做什麼，跟姚市長保持一個表面的和氣就是了。」

胡俊森思索了一下傅華的話，隨即大笑說：「傅華，你這主意可真夠損的，這樣子我心情舒暢了，姚市長會更加氣壞的。」

傅華開導說：「他生氣是他度量狹窄的問題，不是因為您欠他什麼，您根本就問心無愧，又何必去管他呢？」

胡俊森說：「這倒是，不過有時候也不能不管，就像你剛才跟我說楊志欣要見我，那我要不要向姚巍山彙報呢？彙報吧，他不待見我；不彙報，這麼重要的事不讓他知道也不對。」

傅華聽了說：「當然要彙報了，而且要大張旗鼓地彙報。楊志欣要見您這說明什麼，說明您這個副市長在中央領導這邊掛了號的，知道了這一點，姚巍山今後要給您眼色看的時候，就要先掂量一下自己的分量了。」

胡俊森拍掌大笑說：「我還沒想到這一層呢，謝謝你傅華，你這等於是給我加了一把保護傘啊。」

傅華謙虛地說：「您太客氣了，我沒想那麼多，只是完成您交給我的任務而已。我覺得您現在別的先不要考慮，先好好規劃一下您見到楊志欣要怎麼說吧。楊志欣可是一位經驗老道的領導，您如果真的想要從他那裏得到什麼支持的話，得拿出真本領來才行。」

楊志欣點點頭，受教地說：「這我知道，好了，我不跟你聊了，我要趕緊去跟姚市長彙報，看看他會不會被我的彙報給氣壞了，哈哈。」

傅華笑了起來，說：「那我就不耽擱您了。」

掛了電話，胡俊森稍微整理了一下關於海川新區的資料，然後就打電話給姚巍山，說有工作要跟姚巍山彙報，問姚巍山有沒有時間。

姚巍山沉吟了一下，說：「行，你過來吧。」

胡俊森就去了姚巍山的辦公室，一進門，姚巍山就站起來，迎了過來，跟胡俊森握了握手，說：「俊森同志，來，坐。」

胡俊森對姚巍山這種刻意做出來的熱情格外的不舒服，他更寧願姚巍山對他板著臉說話，那才是真實的姚巍山，也更像一個上下級之間應有的樣子。

兩人就去沙發那裏坐了下來，坐定之後，姚巍山看了看胡俊森，說：「俊森同志，你說有工作要跟我彙報，什麼工作啊？」

胡俊森說：「市長，是這樣子的，我接到一個通知，說是國務院的楊志欣同志想要見我，想瞭解關於海川新區的情況。」

「楊志欣同志？」姚巍山重複了一次楊志欣的名字，隨即意識到楊志欣是誰，驚訝地說：「你說的是國務院的楊副總理？」

胡俊森注意到姚巍山這時看他的眼神一下子變得複雜了起來，短短的時間內經歷了羨慕——嫉妒——恨三個階段的轉變。

他能明白姚巍山這個心理轉變的過程。別說一個副市級的幹部了，就算是姚巍山這樣的市長，也很難被國務院副總理這一級的領導關注到的，這種關注實際上是一種機遇，只要在領導面前表現得好，也就意味著未來的晉升之路一片光明。

一開始姚巍山聽到這個消息時，心裏肯定是羨慕，隨即就會想：為什麼胡俊森有這樣的機遇而他沒有，因而心生嫉妒。再進一步，姚巍山肯定會想到胡俊森跟他之間的矛盾上去，對胡俊森不但沒有倒楣，反而可能更加發達，難免就心生恨意了。

胡俊森心中就有幾分得意，看來傅華說的還真是對的，他不去在意姚巍山的看法，難受的就是姚巍山而不是他了。

胡俊森點點頭說：「是的，姚市長，就是楊副總理。國務院最近準備制定未來的經濟發展規劃，所以想對一些基層縣市的經濟發展狀況進行調研活動，海川新區是他們選定的一個樣本。」

胡俊森做出確認之後，姚巍山的心又刺痛了一下，心說胡俊森這個混蛋真是走了狗屎運，這麼大的一個餡餅居然砸到了他的頭上。隨即心中產生了一個念頭，他是胡俊森的領導，能不能把這件好事攔截下來，攬到自己身上呢？

不過姚巍山隨即否決了這個想法，他知道這件事不是他想截胡就能截胡的，楊志欣和胡俊森之間差著好幾個級別，兩者之間應該不會有什麼直接的聯繫，楊志欣能夠找到胡俊森，一定是有人從中牽線搭橋，或者是楊志欣對海川新區做過功課，有所瞭解。

楊志欣肯定知道海川新區的領導者是胡俊森而非他姚巍山，這也就沒有了姚巍山能頂替胡俊森的操作空間。不但不能頂替胡俊森，相反，姚巍山還必須要配合胡俊森處理好這件事。因為萬一事情沒處理好，責任恐怕不只是胡俊森要負，而是全海川市都要負責。做為海川市的市長，姚巍山自然難辭其咎。

得不到什麼利益，卻要為此擔上莫大的責任，姚巍山真是越想越窩火。

姚巍山強笑了一下說：「俊森同志，這是好事啊，說明國務院的領導同志對我們海川市的工作很關注，我們一定不能讓領導失望，要動員全部的力量，做好彙報的準備工作。這樣吧，你跟我去孫書記那裏報告一下這件事，看看孫書記對此有什麼指示。」

胡俊森事先沒想要驚動市委書記孫守義，他原本只想把海川新區的情況跟楊志欣彙報一下，然後尋求某些政策上的支持，但是看姚巍山這個認真的樣子，他就知道他把事情想得有些簡單了。

想想也是，這可是要向國務院做彙報的，恐怕不但海川市，甚至東海省都會對此給與充分的重視。

胡俊森就和姚巍山一起去了孫守義的辦公室。

孫守義看到姚巍山和胡俊森一起走進他的辦公室，詫異地說：「誒，老姚，俊森同志，找我有什麼事嗎？」

姚巍山就講了楊志欣要見胡俊森的事。孫守義一聽就猜到一定是傅華在背後操作這件事的。因為在楊志欣和睢心雄那場龍爭虎鬥中，傅華是站在楊志欣一邊的，而且為這一場博奕立下了汗馬功勞。

不同於姚巍山的是，孫守義認為這是一個很好的機會，海川新區如果能夠做出成績來，功勞不僅僅是胡俊森一個人的，更是海川市全體領導班子的成績，對這件事十分樂見其成。

孫守義就說：「老姚，國務院的領導關注到我們海川新區，這對我們海川是一個發展的大好契機，對此我們要給與充分的重視。」

姚巍山說：「是啊，我也是這麼認為，所以才和俊森同志一起來跟您報告這件事，請您對我們下一步該怎麼做作出指示。」

孫守義想了想說：「我看這樣吧，俊森同志先把手頭的其他工作都放下，抽調精幹人員組成寫作班子，力爭在最短時間內拿出一份海川新區的情況總結來，然後把這份總結跟省裏通報，詢問一下省裏對此的意見，再根據省裏的意見，形成彙報的最後定稿，由俊森同志向楊志欣副總理彙報。」

孫守義這個部署算是面面俱到，雖然胡俊森覺得這有點作假的嫌疑，但是要向國務院的領導彙報，胡俊森也覺得慎重點是對的，因此並沒有提出反對意見；於是就按照孫守義的部署，組建了一個寫作班子，開始全面動員起來。

北京市。

傅華終於接到北京國土局發來的關於撤銷收回天豐源廣場和豐源中心項

目土地決定的正式通知，這兩個項目將交回給熙海投資繼續發展。

此前兩天，麗發世紀也已發表聲明，說：「本公司認為最新拍下的原天豐源廣場和豐源中心兩塊土地存在一定的開發困難，公司董事會經過慎重考慮，為了維護股東的切身利益，決定放棄發展這兩個地塊，將土地退回給北京市國土局。」

麗發世紀的這份聲明，也為熙海投資收回土地掃清了最後的障礙。

傅華就撥通了羅茜男的電話，告訴羅茜男說：「熙海投資接到國土局的通知了，那兩個項目確定可以拿回來了，我們可以商量怎麼組建公司的事啦。」

羅茜男高興地說：「那太好了，你定個時間吧，我們商量一下公司的細節問題。」

傅華說：「你先別這麼急，你跟睢才燾說過豪天集團要跟熙海投資合作的事情了嗎？」

羅茜男說：「這個不急，等我們敲定了合作的細節，再告訴他也不遲啊。」

傅華就明白羅茜男的意思了，羅茜男是想先造成既定事實，然後逼著睢才燾接受下來。

對羅茜男這種做法，傅華很不贊同，這會存在著一定的風險，如果睢才燾執意不肯接受這個事實，想要帶走資金，跟豪天集團分道揚鑣的話，那事情就會變得棘手起來。

傅華就說：「羅茜男，我覺得你還是先跟睢才燾說明一下比較好，以免把麻煩帶到新公司去。」

羅茜男遲疑了一下，考慮再三後說：「這個嘛，好吧，那我就先跟睢才燾說一下。」

傅華說：「聽你的口氣，似乎你沒有絕對把握能控制得了睢才燾啊？」

羅茜男嘆說：「如果是以前，我很有信心能夠掌控睢才燾，但是最近發生太多事了，我不知道睢才燾心中究竟在想什麼，尤其是他父親很大程度是因為你才被抓的，我怕他聽到我要和你合作，會有激烈的反應。不過你放心，就算他有什麼過激的行為，我也有辦法對付他的。」

傅華不免擔心這個狀態下用強橫的手段奪取睢才燾的資金並不明智，楊志欣也不會同意他這麼做的。傅華便警告說：「羅茜男，有一點我要提醒你，睢心雄雖然倒臺了，但不代表你就可以對睢才燾為所欲為了；很多人都在關注著他呢，你如果做得太過分了，恐怕會有人出來打抱不平的。如果他堅決不同意，你還是放他離開好了，我們可以再想別的辦法。」

羅茜男沉吟了一會兒，說：「好吧，我先跟他談談再說吧。」

第十章

利用工具

雎才燾從背後看著羅茜男搖曳多姿的身段，
不禁有一種諷刺的感覺，以前他從沒拿羅茜男當回事，
只覺得羅茜男是個被他利用的工具而已，
現在這個工具竟然轉過頭來想利用他了，
這怎麼不令他感到悲哀呢？

掛掉傅華的電話之後，羅茜男從自己的辦公室出來，去了雎才燾的辦公室。

雎才燾看到羅茜男，說：「茜男，找我有什麼事嗎？」

羅茜男看了雎才燾一眼，真要開口告訴雎才燾她要跟傅華展開合作了，她才意識到這對雎才燾來說是一件多麼殘忍的事。他的父親已經因為傅華而被抓，現在她卻要逼他去跟傅華這個仇人合作。對此，雎才燾能夠接受嗎？

但是一想起雎才燾曾經和李廣武合夥想要迷姦她，羅茜男心就硬了起來，再說，跟傅華合作也是目前對她最有利的選擇，哪怕對雎才燾殘忍一些，她也非要這麼做的。

羅茜男就笑笑說：「才燾啊，有件事我想跟你商量一下。現在豪天集團找到了一家合作夥伴，共同在北京發展地產，不知道你對此有什麼看法？」

雎才燾的資金都在豪天集團裏了，他並沒有太多的決策權，就說：「茜男，我相信你在商業上的判斷，這個你來決定就好了。」

羅茜男含蓄地說：「但是這個合作夥伴，恐怕你不一定會接受。」

雎才燾聽了，心中基本上已經猜到羅茜男要跟誰合作了。他回國時間並不長，跟北京商界人打過交道的不多，在這不多的人當中會讓他難以接受的，除了那個可惡的傅華之外，他想不出有別人了。

雖然羅茜男是一副來跟他商量的口吻，但雎才燾知道這是羅茜男對他的報復，這個女人是在用最讓他接受不了的手段來報復他，而且還不容他拒絕。他拒絕的話，羅茜男就會借機將他趕出豪天集團，而他注入豪天集團的資金可能就此打水漂了。

雎才燾心知他必須接受這個現實，他現在需要的是時間，一段能讓他得以喘息、能夠反敗為勝的時間，所以就是無法接受也必須要接受。

雎才燾順從地說：「茜男，我都說了，我相信你的判斷，相信你做出的選擇都是對豪天集團和我有利的，所以我不會有什麼難以接受的。」

羅茜男並不相信雎才燾所說的，她認為這是雎才燾迫於形勢而不得不委曲求全，也就是說，雎才燾說這些根本就是演戲給她看的。

羅茜男心裏冷笑一聲，雎才燾，等你知道我合作的夥伴是傅華之後，恐怕就無法說得這麼輕鬆了！我倒要看看你能不能忍得住這口氣。

羅茜男做出欣喜的表情說：「才燾，本來我還擔心你無法接受呢，想不到你會這麼理解我。是這樣子的，為了豪天集團長遠的發展目標，我選擇的合作夥伴是傅華的熙海投資，他們現在把天豐源廣場和豐源中心這兩個項目拿了回來，我想，和他們合作對豪天集團是最為有利的選擇。」

睢才燾在心裏罵了一句娘，你這個臭女人還真是跟傅華那混蛋勾結上了！居然毫不避諱我的感受，選擇跟傅華合作，這個臭女人也真夠惡毒的！

這時，睢才燾注意到羅茜男一直在盯著他，似乎是想從他的臉上判斷他在想什麼。

雖然他必須要接受這個安排，但如果他答應得太輕易，一定會讓羅茜男和傅華懷疑他別有企圖，睢才燾就做出一副氣憤的樣子，瞪著羅茜男叫道：「茜男，你怎麼可以這樣子對我？你又不是不知道我跟傅華是不共戴天的仇人，要不是傅華，我父親會被雙規嗎？不是他，我睢才燾會變成現在這個喪家犬的樣子嗎，我恨不得扒了傅華那混蛋的皮，你卻要跟他合作，你考慮過我的感受嗎？」

睢才燾的反應完全在羅茜男的預料中，她歉意的說：「才燾，我一開始就講了，這個合作夥伴可能你不願意接受，但你說會相信我在商業上的判斷，由我來做決定的。」

睢才燾氣呼呼地說：「那時候我不知道你選擇的合作夥伴是傅華啊，他對我來說豈止是不願意接受，根本就是不可能接受的。不行，豪天集團不能跟熙海投資合作，打死我也不能接受這一點。」

羅茜男耐著性子勸道：「才熹，你理智一點好不好？你那麼衝動有用嗎？你那麼衝動是不是就能報復傅華了？我跟你說，熙海投資不一定非要跟豪天集團合作，他們手中握有那兩塊地，大把的公司等著跟他合作的。」

睢才熹賭氣說：「那就讓他找別的公司好了，反正我是無法接受和傅華合作。」

羅茜男嘆說：「才熹，你是不是還不瞭解豪天集團現在所面臨的處境啊，因為你父親的關係，很多人現在都在躲著我們豪天集團你知道嗎？公司業務處於一種停滯的狀態，如果再沒有新的業務來，豪天集團就只能坐吃山空了。你願意把你注入集團的資金就這麼消耗掉嗎？」

睢才熹覺得戲演到這個程度也差不多了，應該見好就收，別讓羅茜男真的以為他無法跟傅華合作，將他從豪天集團踢走。睢才熹就不說話了，做出了一副不甘心的樣子。

羅茜男看睢才熹不說話了，覺得睢才熹應該是已經被她說服了，只是嘴上不肯承認罷了。就說道：「才熹，我做出這個決定也不容易的，你也知道我對傅華也是很有看法的。」

睢才燾絕不相信羅茜男是剛剛才跟傅華建立起合作關係的，心裏暗道：羅茜男，你去騙鬼吧，我看你可能早就跟傅華廝混在一起了吧，不然的話，也不可能合作這麼大的項目，還不知道你們倆個在背後給我戴了多少頂綠帽子呢。

這時，睢才燾想起最近羅茜男行為總是鬼鬼祟祟的，常常和保安部經理陸豐關起門來不知道在嘀咕些什麼，現在想想，肯定與李廣武的出事有關。

李廣武的出事令很多人感到錯愕，事先李廣武還活躍在官方的各種活動中，一點要出事的跡象都沒有，突然就被收押審判，官方的說法很簡單，說李廣武涉嫌貪腐，依法被調查。

但市面上卻流傳著各種版本，其中最主要的一個版本，就是說李廣武強行收回天豐源廣場和豐源中心這兩個項目的土地，激怒了傅華，傅華就設局找人安排美女來陪李廣武，並把李廣武私下不堪的行為給錄了下來，交給中紀委，李廣武才中箭落馬。而李廣武被查之後，國土局就撤銷了那份收回天豐源廣場和豐源中心項目土地的決定書，顯然扳倒李廣武的人其真實目的是衝著這兩塊土地來的。

睢才燾覺得這個版本的可信度很高，唯一的疑問，就是用美女設局陷害李廣武這種事，傅華似乎幹不出來；傅華那傢伙狡猾是狡猾，但是很少見他玩這種很下作的手法。

現在羅茜男說她要和傅華合作，幫睢才燾揭開了這個疑問，一切的疑點迎刃而解。傅華不會玩那種下作的手法，但是羅茜男會啊，羅茜男跟陸豐兩個人關起門來嘀咕的，一定就是怎麼設局去害李廣武，因此傅華是透過羅茜男搞定李廣武，用跟豪天集團合作來酬庸羅茜男。

羅茜男還在繼續說著：「這是一個很單純的商業決定，豪天集團可以經由這個合作得到發展的機會，所以我才決定摒棄私人恩怨，跟熙海投資建立合作關係，所以才燾，你要理解我啊。」

睢才燾問：「難道就沒有別的辦法了嗎？」

羅茜男點了下頭，說：「恐怕你父親的事造成的影響不消除前，我們是沒有別的辦法了。」

睢才燾裝作無奈地說：「好吧，茜男，為了豪天集團的發展，我願意接受你這個決定，只是你要小心，傅華狡猾得很，豪天集團可別被他坑了。」

羅茜男笑說：「誰坑誰還很難說呢，只要有合適的時機，我一定會讓傅華把欠你的找補回來的。」

睢才熹心中暗自冷笑，心說要不是我知道你們兩個人背著我都幹了些什麼的話，一定會為這些話而感動的。你還想裝?!那我就配合你演下去好了。

睢才熹就伸出手來，握住了羅茜男的手，故作親暱的把羅茜男的手放在手心裏揉搓著，嘴裏感激地說道：「茜男，我父親突然出事，很多關係就無法處理了，很多重擔就壓到了你的肩上，這段時間真是辛苦你了。」

羅茜男的手被睢才熹握著，渾身的雞皮疙瘩都起來了，真是要多難受就有多難受，但是她現在的身分還是睢才熹的女朋友，也不好強行的把手抽出來。

她在心中暗罵睢才熹，手卻只能聽憑睢才熹就這麼握著，還得裝出理解的樣子說：「才熹啊，跟我就無需這麼客氣了，我這麼辛苦還不是為了我們的未來嗎？只要你能理解我，我就很高興了。」

睢才熹看著羅茜男虛情假意的樣子，心中忽然一動，乾脆趁現在羅茜男不得不敷衍他的時候，想辦法把羅茜男給拿下，也許這可以改變他和羅茜男之間的關係；就算不行，起碼也把羅茜男這個臭女人給睡了，才不枉他擔她男朋友的這個身分。

睢才熹就笑笑說：「茜男，我們好像很久沒有一起出去吃飯了，要不今天一起出去吃飯吧。」

羅茜男心裏暗生警惕，睢才燾這時候為什麼突然提出要跟她一起出去吃飯呢？難道他在打什麼鬼主意嗎？這可不得不防。她已經被李廣武暗算了一次，誰知道睢才燾會不會在吃飯的食物中搞什麼花樣。

再說，她也沒有陪他吃飯的心情，握著她的手都已經讓她很難受了，對著這傢伙吃飯，恐怕就更難受了。

羅茜男便找了一個藉口推辭說：「我也想跟你一起出去吃飯，但是我要趕緊擬出一個合作方案來，好跟傅華進行談判，所以不能陪你去吃飯了。」

睢才燾看羅茜男拒絕了他的提議，知道羅茜男對他心存戒心，就算約出去他也沒機會下手，只好作罷，就說：「既然這樣，那你就先去忙吧。」

羅茜男心裏鬆了口氣，甜笑說：「那才燾，我就先回去啦，等回頭把跟熙海投資合作的事情搞定了，我再專門找時間陪你去吃大餐。」

羅茜男就把手抽了出來，然後離開了睢才燾的辦公室。

睢才燾從背後看著羅茜男搖曳多姿的身段，不禁有一種諷刺的感覺，以前他從沒拿羅茜男當回事，只覺得羅茜男是個被他利用的工具而已，現在這個工具竟然轉過頭來想利用他了，這怎麼不令他感到悲哀呢？

羅茜男回到自己的辦公室，陸豐跟了進來。

羅茜男看了他一眼，問道：「陸叔，你來有事啊？」

陸豐說：「沒什麼事，是看你剛才去了睢才燾那小子的辦公室，擔心他對你玩什麼花樣，就跟過來看看。茜男，現在李廣武已經被抓起來了，你怎麼還對那小子這麼客氣啊？叫我說乾脆把他趕出去算了。」

羅茜男笑說：「陸叔，遲早有一天我會把睢才燾趕出豪天集團的，但不是現在，現在我還有要用到他的地方。誒，陸叔，你來得正好，我把這件事情交代給你，在睢才燾被趕出豪天集團之前，你要負責給我盯緊了他，千萬別讓他有機會搞什麼花樣。」

陸豐答應了一聲就出去了，羅茜男看著自己的手，想到剛才睢才燾把她的手放在手心裏肆意揉搓，不覺一陣噁心，趕忙進洗手間把手洗了好幾遍，心裏才舒服些。

轉天，羅茜男去了海川駐京辦，想要跟傅華討論合作的細節。

傅華看到她說：「你搞定睢才燾了？」

羅茜男得意地說：「當然搞定了，他同意豪天集團跟熙海投資合作發展這兩個地塊了。」

看羅茜男一副輕鬆的樣子，傅華多少有些意外，他認為雎才燾一定會激烈反對兩家公司合作的，沒想到羅茜男這麼容易就擺平了雎才燾。

傅華忍不住問道：「羅茜男，你能不能跟我說一下，你是怎麼擺平雎才燾的？」

羅茜男有些不高興地說：「你問這個幹什麼啊，難道你不相信我有能力控制得住雎才燾？」

傅華解釋說：「你不是沒這個能力擺平雎才燾，只是我擔心雎才燾不像你想像的那麼不堪，他身上總是流著雎家的血液，不會一點雎心雄的作風都沒有的。」

羅茜男恥笑說：「起碼我現在看不出來雎才燾身上有什麼地方跟雎心雄相似的，你知道嗎，我跟他講了要跟你合作的事，他的反應就只是很激烈的反對和你合作而已，除此之外，就再也沒什麼了。」

傅華擔心地說：「真的沒什麼了嗎？他沒拿要將資金抽走的事來威脅你嗎？」

羅茜男笑說：「他哪敢啊?!資金已經匯進豪天集團，他想把資金抽走，不得到我的批准，根本就辦不到的。」

傅華提醒羅茜男說：「這我知道，不過，這不代表他不可以拿這件事來威脅你。他一定知道你現在最緊張的就是這筆資金了，他滿可以用這個威脅你的，可是他卻沒有用這個威脅你，說明這傢伙也許另有所圖也不一定。」

羅茜男困惑地說：「另有所圖，什麼意思啊，你覺得雎才燾現在這個樣子還能玩出什麼花樣來嗎？」

傅華說：「現在雎才燾當然玩不出什麼花樣來，不過很難說他以後玩不出什麼花樣來，他這是在委曲求全等待時機，好找機會反敗為勝。」

羅茜男不以為然地說：「傅華，你把他想的太聰明了吧？」

傅華正色說：「羅茜男，永遠不要去輕視你的對手。雎才燾反對跟我的合作，卻又不拿出能夠反制你這麼做的措施，這說明什麼，說明其實他也想留在這兩個項目中。」

羅茜男詫異的道：「你是說他想留在這個項目中?!這是為什麼？照我的看法，要不是他的資金無法抽走，他可能早就撤出豪天集團了。」

傅華搖頭說：「你這麼看他就是大錯特錯了，我認為他是想留在這個項目中，因為只有繼續留下來，他才有繼續跟我們玩下去的機會，也才能夠有機會報復我；而且打入對手的內部，也是瓦解對手的最有利手段。」

說到這裏，傅華不禁面色嚴肅地對羅茜男說：「這個項目投資額巨大，開發時間又長，風險極高，稍有不慎，我們就可能墜入萬劫不復的境地，前面幾家開發商之所以無法將這個項目做起來，恐怕也有這些原因。」

羅茜男看著傅華說：「你的意思是不是說，睢才燾是想等著我們出現什麼問題，他好趁火打劫？」

傅華說：「我想應該是的。熙海投資的資金狀況你都可以猜到，睢才燾應該也是心中有數的，這麼大的一個項目，資金不足是最致命的，睢才燾不會看不出來這一點，只要我們的資金鏈出問題，就是他的機會來了。」

羅茜男聽了，趕忙說：「其實資金的問題，我也想問你，豪天集團和睢才燾的資金加起來，交完土地出讓金之後略有剩餘，但是剩餘的資金用於項目的開發顯然遠遠不夠，不知道你其他的資金需求要怎麼解決啊？」

傅華看了羅茜男一眼，笑說：「怎麼，你害怕我花完你們的錢，然後就再沒有資金投入開發了？」

羅茜男點點頭說：「我確實很擔心，這可不是幾十萬的小數目，最終可能需要幾十億的天量資金，不是你幾句空口白話就能解決的；再加上還有睢才燾這個混蛋在一旁虎視眈眈盯著呢，就算是我這個人膽子再大，也不能不擔心，畢竟我賭上的可是整個豪天集團啊。」

傅華故意說：「羅茜男，如果你擔心，趁現在我們還沒有簽訂合作協議，你可以直接退出的。」

「退出?!」羅茜男看著傅華的眼睛，也故意接話說：「這個也不是不可以考慮的。」

傅華老神在在地說：「可以啊，羅茜男，門在那邊，你如果要退出的話，可以直接離開，我就當你今天沒有來過。」

羅茜男狐疑地說：「傅華，我真是有點搞不懂你了，你這麼篤定，是真的心中已經有了謀劃，還是在我面前裝模作樣、虛張聲勢呢？我可跟你說，我現在退出的話，你恐怕連土地出讓金都無法繳清的。」

傅華點點頭說：「是啊，豪天集團的資金不進來，土地出讓金我就必須要另想主意了。不過，這個就不麻煩你幫我操心了，我還是那句話，門在那裏，你要是想退出的話，現在就可以走了。」

羅茜男猶豫了一下，顯然她對跟熙海投資合作還是有所顧慮的，但是又經不起這兩個項目能夠帶來巨額回報的誘惑，因此在退出或者加入這兩者之間猶豫不決。

傅華就坐在那裏，微笑地看著羅茜男，並不去逼迫羅茜男退出或者是誘惑她加入，他知道這時候必須要羅茜男自己做出決定才行。

他和羅茜男的合作將會是長期持久的，彼此的合作關係必須要做到穩固、相互坦誠信賴才行，如果做不到這一點，那結果必然是災難性收場。所以傅華不對羅茜男加以誘導，要羅茜男自己做出抉擇。

羅茜男沉吟了好一會兒，看著傅華說：「傅華，你這會兒是不是很希望我能說退出啊？」

傅華搖搖頭說：「我不是希望你退出，你的加入對我來說也是很重要的，項目也需要你帶來的資金才能啟動，但是我並不想強求你，我希望你是心甘情願加入的。」

羅茜男笑了一下，說：「好吧，你贏了，我還是決定加入。我想你也不是傻瓜，不會心中沒什麼解決之道卻非要發展這個項目的。」

傅華再一次提醒羅茜男，說：「你可要想清楚其中的利害關係，一旦加入，你可就把豪天集團整個給賭上了，這可是高風險的投資，你就不怕賭輸了嗎？」

羅茜男笑說：「做什麼事情都是有風險的，就算是我在馬路上走路，也有可能一不小心崴到腳啊，不過我也知道，越是風險高的，利益越大，富貴險中求嘛。傅華，我把寶就押在你身上了。」

傅華說：「那我先謝謝你對我的信賴啦。不過事先說好了，既然你決定要跟我合作，那我希望你的意志能夠堅定一點，可不要在合作過程中首鼠兩端，如果被我發現你三心二意的話，你可別怪我對你不客氣。」

羅茜男說：「這你放心，我羅茜男既然決定要跟你合作，就不會再動搖的。誒，傅華，我們合作的事算是敲定了，有兩件事你能不能告訴我你打算怎麼解決啊？」

傅華說：「哪兩件事啊？」

羅茜男說：「一個是雎才燾的問題，現在我們要用他的資金，就必須允許他參與到項目當中來，但是他又是懷著要報復我們的心來的，心中肯定憋著一股勁想跟我們使壞，你說我們應該如何解決他的問題呢？」

傅華想了想說：「雎才燾對我們來說，是個問題，也不是個問題。目前這個階段，他父親才出事不久，他還需要一個喘息的時間，暫時他還沒有能力跟我們搗蛋的，所以只要我們不犯錯，他就拿我們沒轍。」

羅茜男點點頭，說：「這點我同意你的看法，不過，等他過了這個喘息的階段呢？」

傅華分析說：「過了這個喘息的階段，到那時候，睢家的殘餘勢力可能會重新集結，睢才燾就有了跟我們叫板的能力，他就會想辦法找我們的麻煩了，這倒是不容小覷的，睢家的根基深厚，即使是這些殘餘勢力，我們恐怕也很難應付。」

羅茜男不禁問道：「那我們怎麼辦啊？」

傅華說：「所以我們必須抓緊時間，趁他還在喘息的時候，建立起一個穩固的發展基礎，讓睢才燾即使有能力找我們的麻煩，也無法撼動我們的項目。」

羅茜男反駁說：「傅華，我怎麼覺得你這個辦法很笨啊，說來說去，都是一些完善自身的防禦招數，你就沒什麼能夠對付睢才燾的好辦法嗎？」

傅華笑說：「那你想讓我怎麼做啊，主動出擊，睢才燾不出招的話，我們怎麼出擊啊？」

羅茜男說：「你就不能先籌出一筆錢來，把睢才燾的錢給還了，然後把他趕出這個項目？」

傅華搖搖頭，說：「恐怕我做不到這一點，資金的問題不是那麼好解決的，反正雎才燾現在也不能對我們有什麼妨害，既然他想把資金給我們用，我們就先用好了。」

羅茜男看了傅華一眼，說：「說到資金，這也是我想問你的第二個問題，資金不足的部分，你究竟打算怎麼解決啊？」

傅華笑了笑說：「如果我告訴你，資金的問題我還沒想好怎麼解決，你會不會很生氣啊？」

「什麼，你到這時候還沒想好怎麼解決資金的問題？」羅茜男說著，順手就拍了傅華的腦袋一巴掌，叫道：「你這傢伙耍我啊！」

傅華被打得愣了一下，不滿地叫道：「誒，羅茜男，你打我幹什麼？」

羅茜男瞪著傅華，氣呼呼地說：「你說我打你幹嘛？這麼大的一個項目，需要的可是龐大的資金，你卻到現在都還沒有想出怎麼解決資金的問題，還厚著臉皮要跟我談合作，你拿我耍著玩啊?!我這麼打你還是輕的，要不是你跟我之間隔著一張桌子，我早就給你肚子上來上一記勾拳，打得你直不起腰來了。」

傅華苦著臉說：「羅茜男，我們是來談生意，不是來打架的好不好？」

羅茜男哼了聲說：「我們是來談生意的不假，但是你的做法也太氣人了吧？你的熙海投資根本就是個空殼公司，如果再沒有解決資金的途徑，你拿什麼發展項目啊？」

傅華不禁抱怨說：「羅茜男，你別這麼急好不好？我說的是還沒想好資金的解決辦法，可不是一點資金的解決辦法都沒有。我心中已經有了一個整體解決資金的框架想法了，只是還有些細節上的問題需要落實，等這些細節上的問題落實好了，我才能明確知道我這個想法是不是可行。」

羅茜男不好意思地說：「原來是這樣子啊，看來我是手快了一點。」

傅華苦笑說：「你不是手快，而是打人打上癮了，你不打我是不是手就會癢啊？」

羅茜男說：「好了，我跟你道歉還不行嗎，對不起啦，傅華先生。」

傅華沒好氣的白了羅茜男一眼，他知道自己這一巴掌算是白挨了，就說道：「算了，我不跟你計較了。」

「那我謝謝傅先生的大人大量了，」羅茜男笑說：「那你是不是可以把你的想法跟我說一下，讓我參謀一下這個想法是否是可行啊。」

傅華看了羅茜男一眼，說：「羅茜男，我是可以告訴你我的設想，不過你必須為我保密，因為如果這些想法傳到某些有心人的耳朵裏，恐怕我的想法就很難實現了。」

羅茜男慎重地點點頭，說：「我知道你說的這些都是商業秘密，你放心好了，我絕對不會往外傳播的。」

傅華這才說：「我是這麼想的，天豐源廣場是商住兩用，我們可以找建設公司先墊資發展住宅項目，然後以分期出售的方式快速回籠資金，再滾動投入，逐步把整個項目發展起來。」

羅茜男不解地說：「為什麼要選擇先發展住宅項目呢？」

傅華說：「住宅項目比較好脫手，回籠資金快，在我們手頭資金嚴重不足的前提下，當然是選擇優先發展住宅項目比較有利。」

羅茜男說：「這是天豐源廣場，那豐源中心呢？」

傅華說：「豐源中心開發的難度就比較大了，這是商用項目，不能用住宅項目那種回收資金快的方式來幫助它滾動開發，所以我的想法是找一家實力雄厚的建設集團，要他們全部墊資，然後在大樓竣工後，我們再來付清建款。」

羅茜男聽了，提出質疑說：「這筆款子可不是個小數目，恐怕就算是實力雄厚的公司也不一定願意給我們全額墊資的。」

傅華說：「我知道，所以我們需要給他們一定的利息補償，我初步設想這個補償的比例在百分之十左右。據我所知，現在建設公司的利潤一般都在百分之二十五左右，再加上百分之十，這個利潤就很可觀了。」

羅茜男說：「也不算很可觀，你別忘了，他們也損失了建款這部分的銀行利率。」

傅華說：「這個我算過了，銀行貸款利率一般在百分之六左右，我給他們百分之十，扣掉銀行貸款利率，他們還有百分之四的盈餘呢。當然，這個數字是可以上下浮動的，如果他們不滿意的話，我也可以把利息補償往上增加一點。」

羅茜男聽到這裏，大笑了起來，說：「傅華啊，我可真是服了你了，說到底，你都是在用別人的資金幫你賺錢啊，你這簡直就是空手套白狼嘛！」

傅華否認說：「你這個說法可就錯了，不是我用別人的資金幫我賺錢，而是幫我們賺錢，你們豪天集團在這當中也有百分之二十的股份的。」

「你的意思是只準備給我們豪天集團百分之二十的股份？」羅茜男叫了起來：「憑什麼？我聽你說了半天，裏面的啟動資金就只有豪天集團的錢，我們應該占更大比例的股份才行。」

傅華說：「你先搞清楚，這裏面可不全部都是你們豪天集團的錢，雎才燾的錢占了很大一部分，實際上你跟我差不多，也是在借別人的錢發展自己的版圖啊。」

請續看《權錢對決》11　千鈞一髮

權錢對決 十 決戰時刻

作者：姜遠方
發行人：陳曉林
出版所：風雲時代出版股份有限公司
地址：105台北市民生東路五段178號7樓之3
風雲書網：http://www.eastbooks.com.tw
官方部落格：http://eastbooks.pixnet.net/blog
Facebook：http://www.facebook.com/h7560949
信箱：h7560949@ms15.hinet.net
郵撥帳號：12043291
服務專線：(02)27560949
傳真專線：(02)27653799
執行主編：朱墨菲
美術編輯：許惠芳

法律顧問：永然法律事務所 李永然律師
北辰著作權事務所 蕭雄淋律師

版權授權：蔡雷平
初版日期：2017年5月
初版二刷：2017年5月20日
ISBN：978-986-352-414-4

行政院新聞局局版台業字第3595號 營利事業統一編號22759935

定價：280元 特惠價：199 元

國家圖書館出版品預行編目資料

權錢對決 ／ 姜遠方 著. -- 初版. -- 臺北市：
風雲時代，2016.11- 冊；公分

ISBN 978-986-352-414-4（第10冊；平裝）

857.7 105019530